書下ろし

初代北町奉行 米津勘兵衛③

峰月《ほうげつ》の碑《ひ》

岩室 忍

祥伝社文庫

目次

第一章　つけ火

慶長《けいちょう》十三年（一六〇八）。夏になって、庄司甚右衛門《しょうじじんえもん》が北町奉行所に現れた。

「お奉行さまにはご挨拶《あいさつ》が遅くなりました。この度、ようやく江戸に出てまいりました。駿府《すんぷ》の二丁町《にちょう》からまいりました、西田屋《にしだや》の主《あるじ》庄司甚右衛門にございます」

「うむ、米津勘兵衛《よねづかんべえ》だ。話は鬼屋長五郎《おにやちょうごろう》から聞いておった」

「お奉行所にはご迷惑をおかけしないよう、将軍さまに叱《しか》られないようにいたしますのでよろしくお願い申し上げます。お見廻《みまわ》りのみなさまにはご厄介《やっかい》になりますので、ご慰労《いろう》のためにお使いいただきたく些少《さしょう》ではございますが……」

甚右衛門が菓子箱を勘兵衛の前に押し出した。

「かたじけない。遠慮なく頂戴《ちょうだい》いたそう」

勘兵衛は袖《そで》の下《した》だとわかっていたが受け取った。

武家だった甚右衛門は、町奉行が、家臣ではない与力《よりき》や同心《どうしん》に、何かと身銭《みぜに》を切って気を遣《つか》っているのを知っている。

そういうことには抜け目がない。商売上手なのだ。役人を身近に引き寄せておくことが、いかに大切かを知っている男だ。

「北条家《ほうじょうけ》の松田《まつだ》尾張守《おわりのかみ》殿のご家臣だったと聞いたが？」

「はい、関白《かんぱく》さまに最後まで抗《あらが》いましたので、主人は切腹を賜《たまわ》りましてございます」

「氏直《うじなお》さまもあのようになりまして……」

「はい、残念にございました」

勘兵衛のいう氏直とは、家康《いえやす》の次女督姫《とくひめ》を正室に迎えていたため、秀吉《ひでよし》に許された北条氏政《うじまさ》の嫡男《ちゃくなん》で、一年ほど高野山《こうやさん》に流されたが、督姫の嘆願《たんがん》で許されるのだが、不運にも病で亡くなってしまう。

庄司甚右衛門は今や三十四歳になった。武家だっただけに、なかなかの貫禄である。日本橋《にほんばし》に娼家《しょうか》を作った男である。

後に、家康に許されて遊郭吉原《よしわら》を支配する男だ。

甚右衛門の置いていった菓子箱には、慶長小判《こばん》二百両が入っていた。

「なかなか豪儀な男だ。江戸にはああいう男が必要なのかもしれぬな……」

急激に大きくなる城下には、あのような怪物も時には必要なのだと勘兵衛は容認することにした。

女一人に男が四、五人と圧倒的に女が少ない江戸は、どこか殺伐《さつばつ》として和《なご》やかさがないと勘兵衛は思う。江戸は天下普請《てんかぶしん》の最中《さなか》でもあり、急激に城下が膨張《ぼうちょう》している。

ないないづくしの江戸だが、最も足りないのが女なのかもしれないと勘兵衛は思うが、これぱかりは、甚右衛門のような男に頼るしかない。

江戸の町は二百六十年の間、終始女不足で、多い時でも女一人に男が二人という過酷さが続いた。そんなわけで、江戸で最も栄えたのは、どこにでもあった色街だったと言えないことはない。

その走りが、吉原を支配する庄司甚右衛門という男だった。この男がやがて怪物に育っていくことになる。

それを育てたのは家康であり、北町奉行の米津勘兵衛だったともいえる。

良し悪しは別として、甚右衛門は時代の寵児《ちょうじ》となり、女の血を吸った華やかな大輪の花を咲かせることになる。だが、その花は実を結ぶことのない徒花《あだばな》であった。

その庄司甚右衛門が出てきた後の駿府では、秋になって駿府城の天守、本丸御殿などが絢爛豪華《けんらんごうか》に完成した。

家康が、本多正純《ほんだまさずみ》の屋敷に仮住まいして指揮した突貫工事の駿府城だ。

天下の大御所が住む城は大きい。

それよりはるかに大きいのが、天下普請中の江戸城である。その江戸城の城下は、急激な発展で拡大が止まらない。

北町奉行所の忙しさは続いていた。

そんな時、武家の女に生まれ変わったお滝《たき》が、酒々井《しすい》から江戸に戻ってきた。

夏が過ぎ、筋雲の高い秋が山から下りてくる。

町場でわがままいっぱいに育ったお滝には、楽な武家修行ではない。髪の結《ゆ》い方、帯の結び方、歩き方、挨拶の仕方まで武家と町場では違う。

万一の時は、見苦しくなく短刀で自害しなければならない。この作法が結構難しく、相当な覚悟と胆力がないと、死にきれるものではない。女でも、死に損じると、士道不覚悟の大きな恥になる。

十三歳から十六歳ぐらいで、男女とも自害の仕方を親から教えられる。

鬼屋のお滝は、大身《たいしん》旗本米津家の家老林田郁右衛門《はやしだいくえもん》の娘になり、名も林田滝になって自害の仕方を教えられた。

士道とはいかに美しく死ぬかである。

戦って死ぬか、自害して死ぬか、武士は散り際《ちぎわ》が肝要、見苦しい真似《まね》は決してあってはなりません。

お滝は、郁右衛門から厳しく言いつけられた。愛する文左衛門《ぶんざえもん》と一緒なら、いつでも死ねる気がする。半年以上、文左衛門に会えなかったが、恋しい気持ちで胸がいっぱいだった。

酒々井からは文左衛門の父彦野軍大夫《ひこのぐんだゆう》、母のお結《ゆい》、妹のお夏《なつ》の三人も一緒に江戸へ出てきた。お滝は勘兵衛に挨拶すると、文左衛門と鬼屋に戻った。

「殿、軍大夫夫婦が殿にお礼を申し上げたいということでございます……」

林田家老が三人を前に出した。

「この度はご配慮を賜り、有り難く存じまする」

「軍大夫、挨拶はよい。お結、達者か？」

「はい、お陰さまで、殿もお元気そうで……」

軍大夫もお結も勘兵衛と会うのは久しぶりだ。軍大夫は勘兵衛が三河にいた頃からの家臣である。

「うむ、忙しくて病も寄りつかぬわ。お夏だな？」

「はい、お奉行さまはそんなにお忙しいのですか？」

江戸町奉行は偉い人だとわかっている。勘兵衛が奉行に決まった時は、酒々井でも大騒ぎだったのだ。

「そうなのだ。毎日、江戸城に登城しなければならぬのよ」

「お城の将軍さまはお元気ですか？」

「元気だ。将軍さまはこの奉行よりもっと忙しい」

「まあ……」

お夏は何も知らず、将軍さまは家臣が多いので、遊んで暮らしていると思っていた。

「軍大夫、祝言《しゅうげん》は明後日だな？」

「はい、長屋の方でささやかに行わせていただきます」

「うむ、それでよい。酒々井でもやるのか？」

「いいえ、それは致しません」

江戸町奉行に仕えているのだから江戸だけでいい、それが軍大夫の考えだ。武家は何があっても主人が第一、仕事が第一である。

「そうか、それでいいだろう」

勘兵衛は鬼屋では盛大な祝言をしたいだろうが、武家は大名家などでない限り、あまり派手な祝言はしない。家臣は家臣の分をわきまえている。

お滝は厳しい林田郁右衛門の教育を受けて、すっかり武家の娘に変身していた。

鬼屋では盛大で華やかな宴会が行われ、一家総出の花嫁行列が仕立てられたが、奉行所の長屋に到着すると、ガラッと雰囲気が変わった。

それでも、事件がなかったから穏やかな祝言になった。

あのやんちゃなお滝が、借りてきた猫どころか、生まれ変わったようにしとやかな武家の娘になった。

人はいくらでも変われるということだ。

奉行所の長屋は夫婦には広いが、花嫁道具が入ると急に狭《せま》くなった。そんな三部屋をぶち抜きで三、四十人は入れるように広げられた。

奉行所からも何人か参加したが、見廻りの重要な仕事をそれぞれが抱えている。

お滝はうれしくて笑みがこぼれそうになるが、グッと顔を引き締めて文左衛門の隣《となり》に神妙に座っている。武家の第一歩はきちんと座ることから始まると、お滝は林田家老に厳しく躾《しつ》けられた。

祝言が終わって、鬼屋の長五郎や万蔵《まんぞう》がほろ酔いで帰り、奉行所の喧騒《けんそう》も一段落すると、それぞれが引き取って文左衛門とお滝が寝所に入った。

「よろしくお願いいたします」

「うむ、酒々井ではどうだった？」

「迎えに来ないんだもの……」

「すまん……」

「クッ、やっちゃったね……」

お滝が手で口を押さえ、クックックッと喉《のど》を鳴らして鳩《はと》のように笑った。文左衛門は何も変わっていないお滝だと思う。

「そっちに行ってもいい？」

「いいよ……」

子どものように転がって文左衛門の褥《しとね》に来て小さく丸まった。

「優しくして……」

「うん……」

文左衛門がお滝を抱きしめた。文左衛門がお滝を裸にしようとした時、お滝が思いっきり抱きついた。

その時、薄暗い中でお滝が首を持ち上げた。

「ん、火事じゃない？」

お滝の言葉に文左衛門が飛び起きた。

「お滝、着物だッ！」

「はいッ！」

半裸のお滝が寝所から転がってきた。文左衛門は大急ぎで着替えている。そこにお結と眠そうなお夏が飛び込んできた。

「あッ！」

「ああッ！」

お滝が慌てて着物をまとって寝所に戻った。

「母上、袴《はかま》だッ！」

「はい！」

「姉上……」

寝ぼけたようにお夏が寝所に入ってきた。お滝がそのお夏を抱きしめる。気持ちだけが焦《あせ》って何もできない。

「お滝さん……」

「はいッ！」

腰紐《こしひも》で着物を縛《しば》るとお夏を抱いて寝所から出て行った。

「御免《ごめん》なさい……」

「太刀《たち》だ！」

「はい！」

「兄上……」

「お夏、母上とお滝を頼むぞ！」

「うん……」

「行ってくる！」

文左衛門がいなくなると、両手で顔を覆ってお滝が子どものようにワッと泣いた。

「どうしました？」

心配してお結が聞く。

「何もできない……」

　それを聞いてお結がニッと笑った。

「こんな時はみんな同じですよ。大事な時にとんでもない……」

「母上さま……」

　お滝が泣くと、しっかりしているお夏も何が悲しいのかシクシク泣き出した。

　文左衛門が奉行所に飛び込むと、勘兵衛はもう起きていた。望月宇三郎《もちづきうさぶろう》が傍《そば》にいた。当番与力の赤松左京之助《あかまつさきょうのすけ》、同心の森源左衛門《もりげんざえもん》がいる。

　遅れて青木藤九郎《あおきとうくろう》が飛び込んできた。その後から宇三郎の家に泊まっていた林田郁右衛門と、彦野軍大夫が奉行所に現れた。

　そこに、外を見に行った佐々木勘之助《ささきかんのすけ》が戻ってきた。

「火事は伝馬町《てんま》の方向ですッ！」

「何ッ、伝馬町だと？」

　すると、喜与《きよ》が勘兵衛に太刀を渡した。

「よし、行こう。郁右衛門、軍大夫、奉行所を頼むぞッ！」

「はッ！」

　勘兵衛は玄関に出ると、曳《ひ》かれてきた馬に乗った。両側から厩衆《うまやしゅう》が轡《くつわ》を取る。馬は火事を見ると暴れることがあった。二人曳きで馬が火を怖《こわ》がらないようにする。

奉行所を出ると、一行が日本橋《にほんばし》伝馬町に向かった。宇三郎、藤九郎、文左衛門、左京之助、源左衛門、勘之助、厩衆が走った。

燃えているのは伝馬町の牢屋敷《ろうやしき》だった。

「お奉行！」

「おう、石出《いしで》殿ッ、つけ火だな？」

「はいッ！」

「牢内には何人です？」

「二十八人です！」

「よし、みな縛って刑場に出してもらおうか……」

「承知！」

勘兵衛は、火事のどさくさで牢内の誰かを助けるため、外の仲間がつけ火をしたのだと直感した。

「逃げようとする者は斬《き》り捨てて構わぬぞ！」

牢屋敷には広い庭と刑場が隣接している。やがて処刑の多くは、鈴《すず》ケ森《もり》や小塚《こづか》原《はら》や巣鴨《すがも》などで行われるようになる。

火付けの犯人は火焙《あぶ》りの刑と決まっている。

江戸は兎《と》に角《かく》火事が多く、関ケ原《せきはら》の戦いの翌年慶長六年（一六〇一）から、大政奉還《たいせいほうかん》の慶応《けいおう》三年（一八六七）までの二百六十七年間で、大火が四十九回、火災が千七百九十八回、年平均七回で二か月に一回はどこかで火事が起きていた。

江戸には火事をよろこぶ人たちがいるとまで言われた。

火事の最大の原因は人が多すぎたことだが、油や蠟燭《ろうそく》の不始末の失火と放火がほぼ半々だった。

つけ火の多いのが江戸の火事の特徴である。

ぞろぞろと牢屋から罪人たちが引き出されてきた。牢屋敷の周辺では、鬼屋の鳶衆《とびしゅう》が延焼しないよう家を曳き倒していた。

「焼け死ぬよッ、解き放してくれッ！」

大声で叫ぶのは南町奉行所が捕《つか》まえた男だ。燃えている牢屋敷を見てうすら笑っている。

「石出殿、あの男は？」

「南町から来た亀次郎《かめじろう》という盗賊です」

「このつけ火は奴《やつ》の仲間だな？」

「そうかもしれません……」

「あの男が亀か、評定《ひょうじょう》で聞いた名だ。確か死罪だったな？」

「そうです……」

勘兵衛が亀次郎に近づいて行った。

「亀、前に出ろ！」

「誰だい！」

「その首を落としてから聞かせてやる。出ろ！」

「お、鬼勘……」

「そうだ。このつけ火はうぬの仲間の仕業《しわざ》だ。亀、ここで死ぬか、あそこの刑場で火焙りがいいか、選べッ！」

勘兵衛がゆっくり太刀を抜いた。罪人たちが亀次郎から離れる。

「お、おれは知らん……」

「亀、鬼勘の目は節穴じゃねえぜ、首を出しやがれ！」

「知らねえ、知らねえよ……」

「ふん……」

勘兵衛が、足を開いて少し腰を下ろして構えた。亀次郎を斬る構えだ。

「助けてくれッ！」

「亀、うるさいぞ、往生際《おうじようぎわ》が悪いんじゃねえかい。おい！」

「頼む、助けてくれ……」

「火をつけたのは誰だ？」

「し、知らねえ！」

その瞬間、勘兵衛の剣が走った。亀次郎の顔を右上から袈裟《けさ》に斬り下げた。

「ウワーッ！」

亀次郎が後ろにひっくり返った。亀次郎の顔から血が噴き出す。勘兵衛に顔を斬られブルブル震えている。

「素直に吐《は》け、火をつけたのは誰だ？」

「も、茂三郎《もさぶろう》だ……」

「どこにいる？」

「し、品川《しながわ》の松屋《まつや》……」

「亀、うぬはずいぶん人を殺したようだな。悪党は、悪党らしく往生際は騒ぐんじゃねえぞ……」

勘兵衛が太刀を懐紙《かいし》で拭《ふ》いて鞘《さや》に戻した。

「お奉行！」

「うむ、わしの馬で行け、今なら先回りできるだろう」

「はッ！」

藤九郎が馬に走って飛び乗ると、品川宿に向かった。

そこに夜回りの黒井新左衛門《くろいしんざえもん》と大場雪之丞《おおばゆきのじよう》が駆けつけ、八丁堀《はつちようぼり》からも与力、同心が続々と駆けつけた。

「文左衛門、鬼屋はどうだ。延焼の方は大丈夫か？」

「はい、二軒を曳き倒しました。風がないので延焼はしないとのことです」

「この亀たちを北町の牢に連れて行け、逃げようとした者はその場で斬り捨てろ！」

勘兵衛に斬られた亀次郎は、袖《そで》をもぎ取った布で顔を押さえ静かにしている。相当に痛いはずだ。

この時、茂三郎は逃げずに、火事見物の野次馬《やじうま》に紛《まぎ》れ込んで、牢屋敷が焼け落ち亀次郎らが出てくるのを待っていた。

「お奉行！」

「おう、長五郎、延焼は大丈夫だそうだな？」

「はい、庭も広く、刑場もありますので延焼は致しません」

「間もなく焼け落ちるな？」

「はい、焼け落ちれば鎮火いたします」

燃える牢屋敷をにらむ長五郎の傍に、義理の親子になった文左衛門が立っている。

「お奉行、それでは奉行所の仮牢に移します」

文左衛門が、亀次郎らを連れて奉行所に戻る。牢屋敷が燃えては罪人を移すしかない。駆けつけた北町奉行所の与力、同心と、牢屋敷の役人たちが囲んで見張っている。

「二十八人、揃《そろ》っているか人数を確認しろ！」

勘兵衛は文左衛門に数を確認させた。一人足りない、二人足りない、などということになると責任問題になる。

雪之丞も一緒に数えている。

二人は二度、三度と罪人の数を数え直した。

「二十八人だな？」

「はい、間違いありません」

雪之丞が文左衛門に、二十八人で間違いないと伝える。そこに遅れて長野半左《ながのはんざ》衛門《えもん》と青田孫四郎《あおたまごしろう》が現れた。

「お奉行、遅くなりました」

「うむ、これから奉行所の牢にこ奴らを移す、石出殿と打ち合わせをして連れて行け！」

「はい、承知いたしました」

「二十八人で間違いありません」

文左衛門が、勘兵衛に正確な人数を報告する。それを石出帯刀《たてわき》も聞いている。失火でなく、亀次郎の子分茂三郎の放火とわかって、石出帯刀は牢屋奉行として一安心なのだ。

牢屋敷の火は、きっちり管理されている。罪人を閉じ込めておく牢の周辺で、火は使われない。怖いのは放火と近所からのもらい火なのだ。

今回は、二十八人と数が少ないからいいが、これが百人、百五十人となると、他では収容できなくなる。北町も南町も奉行所の仮牢は小さく、百人も入れられる大きさはない。

そういう時は、仕方なく罪を軽減することを条件に、数日後には戻る約束をさせて、解き放つしかない。罪人とはいえ、全員を焼き殺すわけにもいかず、危険だが、解き放ちという非常の手段を取ることがあった。

「行くぞ！」

勘兵衛の傍には、宇三郎と青田孫四郎や数人の同心が残り、二十人ほどの同心と牢役人に囲まれて、二十八人が動き出した。

亀次郎らが出てくるのを、野次馬の中で茂三郎は見ていたが、移送の有様《ありさま》を見て、亀次郎の救出に失敗したと悟って姿を消した。

四半刻《しはんとき》（約三〇分）後、牢屋敷がきれいさっぱりと焼け落ちる。

勘兵衛は、石出帯刀と鬼屋長五郎に後を任せ、同心を数人残して奉行所に引き上げた。

「半左衛門、南町に問い合わせて、十人ばかり引き取ってもらえ、あまり人数が多いと殺し合いが始まるぞ！」

「はッ、承知いたしました」

牢屋敷の人数が増えると、時々牢内から病死が出る。実は病死というのは、牢内で殺された場合が多く、牢内のことには役人も一切関知しない。

そういう不文律が、罪人の数が多くなるとできあがっていく。
三、四百人もの罪人が収容されるようになると、どうしても上下関係ができないと、牢内の秩序が保たれなくなる。
牢内の身分制度だ。

武家や僧や女など細かい身分があって、入る牢が違っていた。例えば、人別《にんべつ》のない無宿などは、西牢と決まっていて、牢内では囚人の序列ができた。

牢名主を筆頭に、十二人の囚人が牢内役人となり、無法者の囚人を統治する仕組みができて、これには奉行の石出帯刀も口出しはできない。

この十二人の牢内役人は、どんな罪を犯したか披露され、囚人たちの入れ札で公平に選ばれた。娑婆《しゃば》にはない選挙制度が、牢内にあったというから恐れ入る。

牢名主は、十枚ほどの畳を重ねて座り、牢内の役職によって、畳の枚数が決まっていた。平囚人は一枚の畳に七、八人で座ることになる。

入牢の時の持ち金が、牢内での待遇に大きく影響した。

地獄の沙汰《さた》も金次第という。

牢内の決まりは厳しく、牢名主に逆らえば、密《ひそ》かに首を絞められ病死させられる。逆に、囚人たちが驚くような犯罪で入牢すると、牢内役人に選ばれやすかった。

第二章　五つ胴

昼近くになって、青木藤九郎が品川で、牢屋敷につけ火をした茂三郎を捕らえ、両手を縛り上げ、二間《けん》（約三・六メートル）ほどの縄を馬の鞍《くら》に縛《しば》って引いてきた。

あちこちで引きずられ、膝《ひざ》や肘《ひじ》や顔に擦《す》り傷ができて血だらけだ。

歩かないと藤九郎は容赦《ようしゃ》なく引きずる。

奉行所に着いた時には、茂三郎は歩けないほど傷だらけだった。

「この野郎ッ、歩きやがれッ！」

門番に尻を叩《たた》かれ、奉行所に引きずられて入ってきた。

その日の夕刻から、半左衛門による茂三郎の取り調べが始まったが、茂三郎は牢屋敷につけ火をしたことは認めたが、他のことは牢内の亀次郎を恐れて白状しない。

勘兵衛の勘は、茂三郎が逃げたということは、他にも逃げた者がいるだろうということだった。

一網打尽《いちもうだじん》にしないと、茂三郎のように悪さをする者が出る。

その茂三郎は、亀次郎を恐れてか強情に白状しない。牢内にいる亀次郎とその仲間が怖いのだろうと思われた。

この時、亀次郎一味の六人が逃げていた。

牢内には、亀次郎と三人の子分が捕まっていた。南町奉行所では相当に厳しく責めたのだが、茂三郎ら七人に素早く逃げられたのだ。

勘兵衛が、逃げている仲間がいると思ったのは、奪われた千両近い小判が見つかっていなかったからである。この一味のことは、江戸城の評定《ひょうじょう》で、南町奉行の土屋権右衛門《つちやごんえもん》から聞いていた。

仲間が、奪った小判を持って逃げているとしか思えない。

勘兵衛は、吟味方《ぎんみかた》の秋本彦三郎《あきもとひこさぶろう》にいつもの駿河問状《するがもんじょう》を許可した。そう遠くない場所に、一味の巣があると思われたからだ。

彦三郎の拷問《ごうもん》が始まると、茂三郎の悲鳴が奉行所の仮牢を震わせた。

囚人どもが聞いたことのない凄《すさ》まじい悲鳴に、亀次郎はじめ囚人たちは恐怖に震えあがった。

「鬼勘の拷問だ……」

「茂三郎が殺されるぞ」

「お頭……」

「くっそッ、鬼勘め！」

牢内でもがいても仕方ない。茂三郎の悲鳴が四半刻近く続いたが、ピタッと止んだ。茂三郎が落ちたとわかる。

駿河問状に掛けられた茂三郎が引きずられてくると、牢内に放り投げられた。

「茂三郎の兄い、大丈夫か？」

「よ、寄るな、触るな……」

ブルブル震えて、怯《おび》えようが尋常ではない。気がふれたように目が死に、牢の奥の暗がりで膝を抱えて誰とも喋《しゃべ》らない。

「兄い……」

「よ、寄るな、寄るな……」

「この野郎、壊れやがったぜ……」

茂三郎は、背中に石を二つ載せられて、駿河問状に屈したのだ。

一味の巣が箱根《はこね》にあること、これまで襲った店や百姓の名主など、手にかけた人々や焼き払った家などすべてを白状した。

その調べ書きを書類にして、翌日、勘兵衛は登城すると、老中大久保忠隣《おおくぼただちか》に差し出した。箱根は小田原《おだわら》城主《じょう》である忠隣の領地である。

数日後、亀次郎一味は、小田原藩の役人にすべて捕縛された。

文左衛門とお滝の祝言は、とんでもない事件に翻弄《ほんろう》されたが、それが江戸を預かる奉行所の姿だと、お滝は考えが甘かったことに気づいた。

お結の前で何もできないと泣いたお滝だが、お結に慰《なぐさ》められ、その日のうちに忘れたように元気になる。それがお滝のいいところで、文左衛門が帰宅すると飛びついた。

お夏が羨《うらや》ましそうにそれを見ている。

武家の奥方は決してそんなことはしない。だが、お夏はいいなと思ってしまう。

林田家老に見られたら、斬り捨てられそうなお滝の振る舞いだが、そんな天真《てんしん》爛漫《らんまん》なお滝を文左衛門は好きなのだ。

誰もいなければ、そのまま寝っ転がってしまいそうな二人だ。

数日すると、林田郁右衛門と彦野軍大夫一家が酒々井《しすい》に戻って行った。怖い林田家老がいなくなればお滝の天下だ。

お滝は、望月宇三郎の妻お志乃《しの》、青木藤九郎の妻お登勢《とせ》ともすぐ親しくなった。最も大切なのが、天敵お幸《さち》との仲だが、お滝が文左衛門の妻になったことで、お幸は以前のように露骨に嫌がることもなくなった。

喜与とは以前から相性がいい。

女たちには女たちの世界がある。お滝は日に日に奉行所の生活になじみ、武家の妻としての真の修業が始まった。

暮れになると、塩問屋上総屋島右衛門《かずさやしまえもん》の奉公人お松《まつ》の祝言の日がきた。

奉行所からは望月宇三郎が出席して、奉行がお松から預かっていた五十両をそっと手渡した。

塩浜《しおはま》の行徳屋《ぎょうとくや》に花嫁を届けるのは番頭の役目だが、護衛には膳所一之進《ぜぜいちのしん》が従った。お松の祝言に祖父の湛兵衛《たんべえ》は現れなかった。

商人宿《あきんどやど》の直助《なおすけ》も、そんな堅気《かたぎ》の立派な場所に出られる身分ではないと、姿を現さなかったが、お松が上総屋から出てくると、野次馬の後ろでひっそりと直助が見ている。

その頃、七郎《しちろう》の傷も治り、商人宿の仕事を片手で始めていた。お繁《しげ》が女の子を産《う》み、いつまでも寝ていられない七郎なのだ。

勘兵衛が直助や七郎を大切にするのは、奉行所には与力や同心は多いが、悪党のことは誰も知らないからだった。

どんな連中が蠢《うごめ》いているのか、どんな約束事で動いているのか、そんな悪党のことを誰も知らないのだ。直助や七郎のような協力者はどうしても必要なのだった。

盗賊にいいようにやられてから狼狽《うろた》えても後の祭りである。勘兵衛は、わずかな手掛かりでもつかんで、先制攻撃に出てきた。

そのためには、密偵とは言わないが協力者が欲しい。

勘兵衛は七郎が元気になったと聞き、黒川六之助《くろかわろくのすけ》を呼んで、直助と会いたいと伝えた。

奉行に呼ばれ、夕刻に直助が急いで奉行所に現れた。

「お奉行さま、お松が塩浜にまいりました。何《な》んとも感謝の言葉がございません……」

「うむ、水戸《みと》の湛兵衛には知らせたのか？」

「はい、お奉行さまに感謝を伝えてほしいと……」

「そうか、大泥棒も孫が幸せになれると知って観念したか？」

「はい、大往生にございます」

「それでいい。ところで直助、今日来てもらったのは他でもない。わしの耳目になって働いてくれる者を探しているのだ」

「耳目と言いますと密偵？」

「それほど大袈裟なものではないが、その道に精通している者であれば有り難い」

「女でもよろしいでしょうか？」

「女？」

「はい、あっしの古い仲間の孫娘ですが、近頃、その爺《じい》さんが亡くなりましてブラブラしておりますので、悪に誘われるのを心配しております……」

「足を洗えるのか？」

「へえ、質《たち》の悪い奴らに引き込まれる前に、何んとか足を洗わせようと思っておりました。お奉行さまのお仕事を手伝うということであれば、否《いな》やはございませんです」

「そうか、そういうことであれば会ってみよう」

女と聞いて、勘兵衛は無理ではないかと思ったが、考えようによっては、逆に男には得られない知らせを持ってくるかもしれないと思った。

「喜与、酒をくれるか？」

「はい……」

女の盗賊と聞いて、喜与は心配顔だ。

「一献やって帰れ……」

「恐縮でございます」

「お繁が子を産んで七郎が元気になったそうだが、直助もわしの仕事を手伝ってみないか？」

「この隠居に何ができますか……」

「無理はしなくていい、偶《たま》にここへ顔を出せばいい」

「へい、そうさせていただきます」

直助は、商人宿を七郎とお繁に譲っていて、何もやることがない。浅草《あさくさ》に行ったり、王子《おうじ》にいったり、あちこちの神社仏閣をお参りして歩き回っていた。

数日で新年という日の早朝、雪之丞が奉行所に飛び込んできた。

「どうした？」

　まだ眠そうな与力の石田彦兵衛《いしだひこべえ》が、血相を変えた雪之丞に聞いた。

「石田さん、やられました！」

「どこだッ？」

「神田《かんだ》の廻船《かいせん》問屋、奥州屋庄兵衛《おうしゆうやしようべえ》がやられたッ！」

「来い！」

　彦兵衛は雪之丞を勘兵衛の部屋に連れて行った。早起きの勘兵衛は、例の銀煙管《ギセル》で一服やっていた。

「お奉行ッ！」

「入れ……」

「神田の廻船問屋がやられました！」

「殺しか？」

「いいえ、誰も殺されていません！」

「手掛かりは？」

「今のところございません！」

　雪之丞は、同じ同心の佐々木勘之助と夜回りをしていた。何事もなく夜が明けて、奉行所に戻ろうと浅草から帰ってきた。

その二人の前に、奥州屋から番頭が飛び出してきた。

「どうしたッ？」

「お、お役人さまッ、や、やられたッ！」

咄嗟《とっさ》に佐々木勘之助が奥州屋に飛び込んだ。店の者は座敷に集まって怯えている。

「主人はッ？」

「あそこに……」

小僧が庭を指さした。その庭の隅《すみ》に白壁の金蔵があり、四人ばかりが集まっていた。

「奥州屋ッ！」

「あッ、お役人さま！」

「通りがかったのだ。どうした？」

「盗人《ぬすっと》にやられました……」

「家の者に異常はないな？」

「はい、誰も怪我《けが》をしておりません」

「旦那さま、おあきが見えないということですが……」

「何、おあきがいない?」

「逃げたな。奥州屋、奉行所が調べるまでそのままにしておけッ!」

勘之助が奥州屋から出てくると、雪之丞が奉行所に走った。

「彦兵衛、奥州屋を調べてくれ……」

「はッ!」

彦兵衛は、朝比奈市兵衛《あさひないちべえ》と森源左衛門に雪之丞を連れて奉行所を飛び出した。

この騒ぎを聞いて宇三郎が勘兵衛の前に現れた。

「神田の奥州屋がやられた……」

「殺しですか?」

「いや、そうではない。まるで手掛かりがないそうだ……」

「街道を閉めますか?」

「宇三郎、この盗賊がまだ江戸にいると思うか?」

「お奉行は、もう江戸から出たと?」

「この手際の良さでは、夜のうちに江戸を出ただろう。いつまでも、もたもたしているとは思えない。何んとも慣れた手口だ……」

勘兵衛はお手上げ状態になった。何を手掛かりにすればいいかわからない。これまでにこのようなことはなかった。

わずかでも手掛かりがあって、それを押し広げて盗賊どもを捕縛してきた。追いつめてから逃げられたこともあるが、何んらかの手掛かりを見つけて追い詰めてきたのだが、この盗賊はそれもできないと感じる。

勘の鋭い奉行のあきらめ顔を、宇三郎は初めて見た。

与力、同心が集まってくると、半左衛門は、いつものように品川、内藤新《ないとうしん》宿《じゅく》、板橋《いたばし》、千住《せんじゅ》に同心を数人ずつ派遣した。

彦兵衛たちが戻ってきて、奥州屋庄兵衛の金蔵から二千両が消えていると報告した。金銀銭など三千両以上が残っていたという。

何んとも鮮やかで小憎《こにく》らしい盗賊の手口だ。

こういう静かに仕事をして、霧のように足跡を残さず、スーッと消える盗賊が最も始末が悪い。

結局、奥州屋に入った盗賊の手掛かりは見つからなかった。

そんな時、大身旗本横田甚右衛門尹松《よこたじんえもんただまつ》五千石の用人、大石杢左衛門《おおいしもくざえもん》と名乗る武家が奉行所に現れた。

五千石以上の大身旗本となると、米津勘兵衛や横田尹松など百人もいなかった。三千石以上が三百人ほどで、ここまでを大身旗本というが、旗本では五百石以上というのが最も多かった。

旗本八万騎というが、旗本と呼ばれる武家は五千人ほど、旗本と御家人で一万七千人ほどだった。その家臣を入れてようやく八万人だから、旗本八万騎というのは大袈裟な言い方だった。

勘兵衛は、横田尹松が譜代《ふだい》の家臣ではなかったが知っていた。

それは織田信長《おだのぶなが》の甲州《こうしゅう》征伐の後に、家康が召し出して家臣にした、武田家《たけだけ》の旧臣だったからである。

横田尹松は、武田二十四将の一人原虎胤《はらとらたね》の孫で、妻は三方《みかた》ケ原《はら》で家康を死の淵まで追い詰めた猛将山県昌景《やまがたまさかげ》の娘だった。

「お奉行さまに五つ胴の試し斬りをお願いいたしたく伺いましてございます」

「五つ胴……」

「なにとぞ、本胴五つをお願いいたします」

大石杢左衛門が、勘兵衛の前に刀袋に入った太刀を置いた。五つ胴とは、生きたまま五人を重ねてその胴を斬る荒技である。

並の刀では刃こぼれはもちろん、折れたり曲がったりする。

「拝見してもよろしいか？」

「どうぞ……」

勘兵衛は刀袋の紐を解いて、太刀を出して鯉口《こいぐち》を切りゆっくり抜いた。

「無銘ですが備前《びぜん》物にございます」

「なるほど……」

確かに試し斬りをしたくなるような剛刀だ。

「お願いできましょうか？」

「いいでしょう」

「かたじけなく存じます」

五つ胴を斬るには、並大抵の剣の使い手では無理だ。

「まことに些少ではございますが、厄介《やっかい》料をお持ちいたしました」

大石杢左衛門が、五十両の袱紗《ふくさ》包みを勘兵衛に差し出した。胴一つが十両という勘定だ。

「お預かりいたしましょう」

勘兵衛は太刀と五十両を受け取り、宇三郎に渡した。牢屋敷は燃えたが刑場は使える。

「検分《けんぶん》は致しますか?」

「はい、それがしが伺います」

「わかりました。石出帯刀殿に通しておきましょう。五つ胴ともなると、並の剣士では斬れません。この奉行所に出入りしている剣客がおりますので、その者に斬らせます」

「失礼ながら、その剣客の名をお聞きできましょうか?」

「奥村玄蕃《おくむらげんば》です」

「奥村、どこかで聞いたような……」

「腕は確かです」

勘兵衛が太鼓判を押した。

五つ胴を抜けるのは、奥村玄蕃こと膳所一之進しかいないと思う。勘兵衛が奥村玄蕃と言ったのは、道場破りとして名を知られていたからだ。

大石杢左衛門が納得して帰った。

五つ胴とは初めてだ。

こういう太刀を手に入れると、手軽に辻斬りに出て試したくなる。そうせずに五つ胴を申し込んできたのは、相当に斬れるということだろう。

「宇三郎、一之進はいつ来る？」

「確か膳所殿は、三河屋七兵衛《みかわやしちべえ》の用心棒をしておられるかと……」

「夜の仕事か？」

「はい、朝に立ち寄ることがございます」

「そうか、わしから話をしよう」

膳所一之進が試し斬りを嫌がれば、他の者にしなければならない。

「宇三郎、石出帯刀殿の配下に、五つ胴のできる者がいると思うか？」

「五つ胴とは聞いたことがありません」

望月宇三郎も柳生新陰流《やぎゅうしんかげりゅう》の剣士だが、五つ胴を斬り抜く自信はない。二つ胴や三つ胴を斬り抜くのさえ難しい。少しでも剣の刃《やいば》の向きが変わると、斬れないばかりか折れることもあり得る。

試し斬りは、そうやさしいことではない。

「宇三郎、その五十両だが一之進に手間賃三十両、石出帯刀殿に支度料二十両でどうだ？」

「よろしいかと思います」

この試し斬りの仕事を、膳所一之進は一度だけという約束で引き受けた。人殺しの悪党とわかっていても、五人を重ねてその胴を斬り抜くというのは、気分のいいものではない。

この頃、谷衛好《たにもりよし》の弟子で旗本の中川重良《なかがわしげよし》が、試し斬りの名人と言われた。その弟子の山野永久《やまのながひさ》が、試し斬りの仕事を専門にするようになる。

山野永久は、生涯で罪人の試し斬りを六千人以上したという。

これより百二十年ほど後の元文《げんぶん》元年（一七三六）ごろになると、幕府の腰物奉行の配下で、山田浅右衛門《やまだあさえもん》という者が、試し斬りを務めるようになる。

山田浅右衛門家は、旗本や御家人ではなく、代々浪人の身分とされた。だが、山田浅右衛門吉時《よしとき》という男は、将軍吉宗《よしむね》の前で試し斬りを披露したともいう。

山田家は浪人の身分だったが、試し斬りの依頼が多く、三、四万石の大名に匹敵する実入りがあり裕福だった。

試し斬りだけでなく、大名家の切腹の介錯《かいしやく》もした。

山田浅右衛門が斬った死体は、山田家に下げ渡される決まりで、その死体を、試し斬りをしたい武家に売ることが許され、その収入が山田家の一番の実入りだった。

武家の中で、試し斬りは人の体が最も良いとされていたからで、刀は人を斬る道具と考えられていたからでもある。

第三章　膳所一之進《ぜぜいちのしん》

慶長十四年（一六〇九）の年が明けた。

直助が、お駒《こま》という女を連れてきた。

二人は砂利敷の隅《すみ》に畏《かしこ》まって、勘兵衛が現れるのを待った。直助は、お駒に勘兵衛のことを詳しく話して説得した。それをお駒は素直に受け入れた。

「おう、親父《おやじ》、ご苦労……」

勘兵衛が、宇三郎と半左衛門を連れて公事場《くじば》に現れた。主座には座らず縁側に下りてきた。

「お約束のお駒を連れてまいりました」

「うむ、お駒、顔を見せろ……」

「はい……」

平伏していたお駒が、体を起こして勘兵衛を見る。

「身内はいないのか？」

「はい、ございません……」

「そうか、少し寂《さび》しいな？」

「はい……」

「危ない仕事だぞ？」

「覚悟をいたしました」

「そうか、わしの目と耳になる仕事だ。頼むぞ……」

「勿体《もったい》ないお言葉にございます」

勘兵衛は、お駒が三十を二つ三つ超えているだろうと見た。長続きするかわからないが、勘兵衛は使ってみる気になった。

「直助、お駒は奉行所のことはわからないだろうから教えてやってくれ……」

「へい、承知しました」

「半左衛門も面倒を見てやってくれ……」

「畏まりました」

「よろしくお願いいたします」

お駒が半左衛門に頭を下げた。勘兵衛はお駒のこれまでの罪を問うつもりはない。直助の話から、人を殺すような荒っぽい仕事はしていないと思えた。

「お駒、仲間で足を洗いたい者がいれば、人殺しをしていない者に限り、わしの仕事を手伝うことを条件に許すぞ」

「はい、有り難いことにございます。一人二人心当たりがございますので、当ってみたいと思います」

お駒は緊張していた。

勘兵衛の配下になるということは、盗賊たちに知られれば命がないということだ。裏切り者として処分される。

お駒の祖父の配下は数人いたが、今はバラバラになり連絡すら取っていないが、一人だけ、正蔵《しょうぞう》というお駒の兄貴のような男がいる。祖父が最も信頼していた男で、女房と蕎麦《そば》屋をしていた。

この頃の蕎麦は蕎麦切りではなく、香ばしい蕎麦焼き餅《もち》、蕎麦練《ね》り、蕎麦団《だん》子《ご》、蕎麦焼きなどで、ようやく蕎麦切りがちらほら出始めていたが、茹《ゆ》でるのではなく蒸《む》すため、蕎麦粉だけの蕎麦切りは厄介《やっかい》だった。

蕎麦切りは、これより二、三十年後に、爆発的な人気になる。

正蔵の蕎麦屋は、蕎麦切りを扱っていなかった。

蕎麦の歴史は米より古いが、殻《から》が堅く扱いづらいことから主食にはなれなかった。

お駒は気性がさっぱりしているようで、勘兵衛も半左衛門も気に入った。

そのお駒が、急にやる気を出して白粉《おしろい》売りを始めた。

人は不思議なもので、堅気になると決めると、爺さんが残してくれた銭を使うのに気が引けてくる。

まだまだ遊んで暮らせる七十両余りを、小さな甕《かめ》に入れて長屋の床下に埋めてしまった。きれいじゃない銭を使うのはお奉行に悪い気がする。

それは、勘兵衛がお駒の過去を一切聞かなかったからかもしれない。

薄汚い過去を背負っている者を、何も言わずに許す勘兵衛の度量の大きさと、どこか人懐っこい人柄にお駒はまいったのだ。

心底「この人のために働いてみよう」と思う。

白粉や紅《べに》や元結《もとゆい》を売っても大きな儲《もう》けにはならないが、勘兵衛のために働いていると思えば、数十文の儲けが有り難い。

真っ当な生き方だと実感できる。何んとも晴れ晴れとした気分だ。これがお天《てん》道《とう》さまの下で生きるということだと思う。

そんなお駒が、浅草寺《せんそうじ》にお参りして参道を歩いていると呼び止められた。

「お駒さんじゃねえか？」

「あら、和三郎《わさぶろう》さん、こんなところで、神信心ですか？」

「よしておくんなさいよ。あっしのような男が手を合わせると、神さま仏さまが逃げちゃいますよ。それより白粉を売るなんてどうなすったかね。狙いが？」

「こんなところで馬鹿なことを聞くもんじゃないよ。正蔵の兄さんのところに偶《たま》には顔を出しているの？」

「いや、それが、どうも敷居が高くて足が向かないんですよ」

「顔を見せられないような仕事をしているんじゃないだろうね？」

「あっしはお頭《かしら》の言いつけを守っておりやす……」

「人だけは手にかけないでおくれな」

「へい、兄さんは元気で？」

「うん、顔を出すとよろこぶよ」

「わかっておりやす。ところでお駒さん、伝兵衛《でんべえ》のお頭の噂《うわさ》を聞きませんか？」

「そういえば、ここんところ聞かないね……」

「あのお頭なら間違いねえんで、使ってもらおうと探しているんだが……」

「そうだね。伝兵衛さんならいいね」

「そのうち、兄さんのところに顔を出しやすんで……」

「そのうちか……」

和三郎はお駒の爺さんの子分だった。伝兵衛というのは爺さんの古い仲間だ。

お駒は二度ばかり会っている。

お駒は昼過ぎに、直助の商人宿から四、五町（約四・四〜五・五百メートル）しか離れていない正蔵の店に立ち寄った。

「お駒ちゃん、蕎麦団子でも食うかい？」

「うん……」

お駒が唯一《ゆいいつ》何んでも相談できる正蔵の女房お民《たみ》が蕎麦団子を勧めた。お駒より五つほど年上だ。昼の客が引けて誰もいない。

「直助の親父さんから聞いたよ……」

奥から正蔵が出てきた。大きな顔で貫禄充分、蕎麦屋の親父とは思えない。

「潮時だと思って……」

「いいんじゃねえか、お頭がよろこぶよ」

「だといいんだけど……」

「お頭が亡くなってあっしも堅気同然だ。陸《おか》に上がった河童《かっぱ》だよ」

「そうだね……」

「実はな、お民がこれなんだ……」

「ええッ、赤ちゃん！」

「家にいるとすることがなくてな。まさかの出来事でよ……」

「本当なの？」

「そうなっちゃったの……」

お民が、蕎麦団子の皿をお駒の前に置いてニッと照れ笑いをした。

「あの人が暇なもんだからこんなことになって……」

「いいじゃないの……」

正蔵とお民はあきらめていたのだからうれしいのだ。それはお駒も同じだ。お駒は一度結婚したが病で夫を亡くした。もう十年も前のことだ。

以来、男運がないと思い込んでいる。

「あッ、そうだ。さっき、浅草寺の門前で和三郎さんと会って、ここに顔を出すよう言ったんですけど、そのうちって逃げられた……」

子どもの話で、お駒は和三郎のことを忘れていた。

「伝兵衛お頭を探しているとか……」

「和三郎が伝兵衛お頭を探しているとは真っ当だな」

「そのうち顔を出すといいけど……」

お駒は和三郎と会って伝兵衛の名が出た時、お駒の長屋に近い表通りの大店《おおだな》、廻船問屋奥州屋庄兵衛に入った盗賊は、伝兵衛ではないかと密かに思うようになった。

そうだと困ったことになりそうだ。

直助から聞いたその手口は奇麗《きれい》で鮮やか、並の盗賊ではないということだった。江戸が急に大きくなって盗賊が増えたと言っても、あのような仕事のできるものはそう多くない。精々、三、四人だろうということだった。

お駒は伝兵衛を調べてみたくなった。

少し怖い気もするが、手掛かりを探して江戸のあちこちを歩き回った。

奉行所の同心も見廻りをしながら、何んとか奥州屋庄兵衛に入った盗賊の足跡を拾おうとしていた。

勘兵衛は、江戸の周辺に巣があり、奥州屋とそう遠くないどこかに、足場にした場所があるはずだと考えていた。人が激増している江戸には空き家は少ない。

ただ一人名前がわかっているおあきの痕跡も見つからない。何んとかおあきの筋からこじ開けようと、丹羽忠左衛門《にわちゆうざえもん》、黒川六之助、大場雪之丞らが動いていた。

通りでお駒と同心が出会うこともあるが、知らぬふりで通り過ぎることになっている。どこで、誰に見られているかわからないからだ。

奉行所に入る時も、表門からは入らず、お志乃やお登勢、お滝たちが使う裏木戸を使うようにしていた。

相変わらず、勘兵衛は朝に登城して昼過ぎに下城してくる。北町奉行の格式は供揃え二十五人で、それを指揮するのが内与力の文左衛門だ。鹿島新当流《かしましんとうりゆう》の剣士である。

下城して着替えた勘兵衛は、銀煙管で一服してから公事場に出て行き、訴えを聞いたり取り調べをしたり忙しい。

裁きを言い渡すときは、正装して座について、奉行の考えと裁きを申し付けるが、ほとんどが所払いである。これらの追放や払を構《かまい》と言った。

後に構には立ち入り禁止区域が決められることになる。

追放や払は重追放、中追放、軽追放、江戸十里四方追放、江戸市中所払、住居所払、奉行所門前払などになっていた。

奉行所の門前に放り投げるという手荒さだ。

江戸の刑罰は複雑なものになっていくが、身分によって刑罰が違っていた。

死罪でも、切腹と斬首は武家にのみ行われた。

切腹は、武士の尊厳を守り自ら裁くことで、刑罰ではないという考えがあった。斬首は検分役が出て処刑を確認した。武家には他に、主人と喧嘩《けんか》などして出奔《しゅっぽん》すると、奉公構というものがあった。

この奉公構が出ると、旧主の許可がないかぎり、どこの大名にも仕官できないという厳しい決まりだった。生涯浪人することも珍しくない。

他の死罪は、磔《はりつけ》、獄門、鋸挽《のこぎりびき》、火焙り、死刑、下手人などがある。死刑は牢内で行われ、刀の試し斬りにされた。

下手人は過失による殺人に行われ、牢内で処刑され、遺骸は家族に下げ渡され、試し斬りにはされなかった。

死罪の中でも、遺骸を引き取れるだけ他の刑罰よりよかった。

他の刑罰は遠島、追放、押込、敲《たた》き、預かり、晒《さら》し、市中引回、闕所《けっしょ》、入墨、手鎖《てぐさり》、人足寄場、女は剃髪、武家や僧は蟄居《ちっきょ》、閉門、逼塞《ひっそく》、隠居などがあった。

連座といって周囲にも罪が及ぶこともある。

勘兵衛は、軽微な罪は猶予するようにしていた。庶民にとっては、所払いでも結構重い刑罰になるからだ。

そんな中で五つ胴の試し斬りが行われた。

二つ胴や三つ胴でも充分な切れ味だが、五つ胴の試し斬りなど滅多《めった》にない。横田家から大石杢左衛門の他に重臣が二人検分に来た。

奉行所からは長野半左衛門と青田孫四郎が検分に出た。

二尺（約六〇センチ）ほど土を盛って、その四方に杭を打ち、腹ばいに五人の囚人を重ねて、手足を杭《くい》に縛りつける。

一之進の持つ太刀は、鍔《つば》を何倍も重いものに取り換え、一気に刀勢がつくように拵《こしら》えを変えている。一之進は呼吸を整えると、太刀をゆっくり上段に上げた。

骨にあたってもまっすぐ斬り下ろすことが難しい。

太刀の刃が傾くと、五つ胴はもちろん、三つ胴も斬り抜くのは難しくなる。生《なま》半可《はんか》な腕ではとても斬り抜けるものではない。

「イヤーッ！」

凄まじい一之進の気合と同時に、五つ胴をズブズブと斬り裂いた。

「ギャーッ！」

悲鳴が響いて最後の胴まで斬り離した。

「お、お見事ッ！」

斬り下げた太刀が盛り土で止まった。一之進が肩で大きく息をしている。役人が水で太刀の血を洗い流すと、刃こぼれを確認して大石杢左衛門に渡した。

四人が立ち上がって、杢左衛門の持つ太刀を覗《のぞ》き込んだ。

「おう、刃こぼれがないのでは？」

「細かな傷はあるが、刃こぼれがない……」

「このように斬れる刀があるとは信じがたい！」

「殿に申し上げて刀名をつけねばならぬ……」

五人が話している間に、斬られた遺骸は運ばれていった。一之進は、検分の五人に頭を下げると刑場から消えた。

この試し斬りに、横田尹松が大いに気に入り、太刀に五笹斬丸《ごささざんまる》と名をつけた。

数日後、大石杢左衛門が奉行所に現れた。

「試し斬りのことは聞きました。結構な斬れ味だったそうで……」

「お陰さまで殿も満足されまして、五笹斬丸と名をつけられましてございます」

「そこで、お奉行さまに今一つお願いの儀ができましてございます」

「なるほど……」

「再度の試し斬りですか？」

「いいえ、当家にはそのような太刀はもうございません。膳所殿のことです」

「一之進が何か？」

「仕官の話はございましょうか？」

「いや、それがしの知る限りそのようなことは聞いていないが……」

「そうですか、殿は剣術師範として二百石で召し抱えたいと、望んでおります。いかがでしょうか？」

「それは良い話だ」

五千石の旗本が、二百石で召し抱えるというのは良い待遇だ。長野半左衛門たち与力が二百石なのだ。足軽大将格という扱いになる。

「お奉行さまからお話をいただければ有り難く存じます。殿にお会いいただいて決まることにございます」

「承知しました。一之進に話しましょう」

「かたじけなく存じまする」

江戸でも浪人が日に日に増えている。

関ケ原の戦い以来、改易になった大名家の浪人が多く、京や大阪、江戸にも大量の浪人が流れ込んでいる。その浪人たちの望みは再仕官だった。

膳所一之進に横田家から仕官の話が出たことは幸運というしかない。それも二百石の剣術師範という願ってもない話だった。

一之進はよろこんで横田尹松と対面した。

尹松に旧主はと聞かれて、近江浅井家《おうみあざいけ》と答えた。膳所家は祖父の代から浅井家に仕えていたが、織田信長によって滅ぼされ、膳所家は浪人した。

横田尹松の武田家と同じ信長に滅ぼされた。尹松は家康に召し出されて家臣になったが、膳所家は一之進の父から浪人をしてきた。

尹松は一之進の人柄を気に入り、正式に仕官が決まった。

この横田家は、尹松の曽孫準松《のりとし》の代に九千五百石に加増される。外様の旗本としては最高の知行だった。

第四章　お千代《ちよ》

お駒は神田《かんだ》の庄兵衛《しょうべえ》長屋で一人暮らしをしている。

庄兵衛長屋は、小奇麗な長屋で人気があった。今回、盗賊に襲われた奥州屋庄兵衛の家作《かさく》で、三年前に建てたばかりの長屋だった。

女の独り住まいは危険だと、直助や正蔵が心配したが、気の強いお駒は、夜歩きさえしなければ心配ないと思っている。

お駒は毎日、朝から白粉売りの恰好《かっこう》で江戸中を歩き回り、時には千住や板橋や内藤新宿まで足を延ばした。

そんな中で品川宿に向かっていた時、ぶらぶら暢気《のんき》そうに歩いてくる女を見て立ち止まった。

「お駒ちゃん！」

「まあ、お千代《ちよ》さん、こんなところをぶらぶらと、攫《さら》われちゃうから……」

「いっそのこと、攫われてみたいわ」

「そんなこと言って、どうしたの？」

「くさくさしていい男でもいないかと、江戸に出てきたのさ……」

「それじゃ、家に来ない。もう帰るところだから……」

「どうしたのさ、その恰好は？」

「口に糊《のり》するためなの……」

「まあ、よく言うこと、そんなこと誰が信じるもんかね」

お千代がニッと笑った。お千代もお駒の祖父の配下だった。

「お頭《かしら》がなくなってから、おもしろいことがなくってね。けちな仕事や荒っぽい仕事ばかりで、お頭のようなきれいな仕事がないのさ……」

「そうだね……」

二人は話しながら歩き出した。

「ついこの間、浅草で和三郎さんと出会ってね」

「ほう、どうしてたね？」

「お千代さんの方が詳しいんじゃないの？」

「それが一年ほど会っていないのよ」

「喧嘩でもしたの？」

「男と女って、くっつきっぱなしだとうまくいかないものね……」

「そうだったの……」

「お駒ちゃんはすぐ亡くしたから……」

「ええ、あっという間で喧嘩をすることもできなかったわ」

「そういうのって忘れられないのよね？」

「うん……」

「和三郎は仕事しているようだった？」

「いや、伝兵衛お頭を探しているようだったけど……」

「ふん……」

「何よ？」

「伝兵衛お頭が亡くなったのを、和三郎は知らないんだと思って……」

「亡くなった？　いつ？」

「去年の暮だって聞いたけど……」

お駒は驚いた。それでは神田の奥州屋を誰がやったのかということになる。

「どうしたの？」

「あのね、家の近くの廻船問屋に入ったのが、伝兵衛のお頭だと思っていたから……」

「奥州屋？」

「知ってるの？」

「うん、あれは伝兵衛のお頭じゃないよ……」

「誰なの？」

「知らない。お頭でないことは間違いない」

お千代が言い切った。

「誰なんだろう？」

「どうしてそんなこと気にしているのよ」

「きれいな仕事だから……」

「そうだってね。上方《かみがた》の人じゃないかね？」

「上方？」

「そう、風《かぜ》っていうお頭できれいな仕事をするそうだよ」

「風？」

「風右衛門《ふうえもん》というらしいんだけど、風が吹くような仕事っぷりだから風のお頭って呼んでいると聞いたけどね……」

「風のお頭？」

お駒が聞いたことのない名前だ。江戸と大阪では遠い。盗賊は不慣れな土地にいきなり手を出すことは滅多にない。

二人はそんな話をしながら、お駒の長屋に戻ってきた。

「いい長屋じゃないのさ……」

「女の独り住まいだから、小奇麗な方がいいと思って……」

「いい人がいるんじゃないの？」

「いない、いない。よく見て、男っ気なんてどこにもないから……」

「むきになるところなど怪しいぞ？」

「いないって、そんなことより一杯やる？」

「いいじゃないの、やろう……」

「じゃあ、下《くだ》り酒のいいやつにしよう……」

荷物を長屋に置いて、お駒が酒を買いに走った。

日頃、お駒は酒を飲まない。酒を飲むと、どんな人でもだらしなくなるのを見てきた。そうならなかったのは、亡くなったあの人だけだと思い出す。

お駒の会いたいその人は、兎之助《うのすけ》というやさしい人だった。鬼籍に入った人とは永遠に会えないのだから、恋しさがつのる一方なのだ。

その夜、お千代は憂《う》さを晴らすように酒を飲んだ。八合徳利《どつくり》を一人で空にしたようなものだ。

酒飲みは先に酔った方が勝ちで、酔いそこなうと聞き役に回ることになる。お千代は泣いたり笑ったりお喋《しゃべ》りで、お駒は白面《しらふ》同然でお千代の話を聞いていた。

お千代は聞かれていないことまで喋り出す。

今は伝兵衛お頭の息子伝八郎《でんぱちろう》の世話になっていること、一緒に住んでいるが喧嘩をして飛び出してきたこと、しばらく帰らないからよろしく頼むなどと、勝手なことを泣いたり笑ったり忙しく喋った。

「お千代さんの好きなだけ、ここにいていいから……」

「ありがとう、お頭が死んだのがいけないんだ。そうでしょお駒ちゃん、寂しいよね？」

「うん、寂しい、寂しい……」

「あの伝八郎の馬鹿野郎が、このお千代さんを抱いておきながら、盗人《ぬすっと》に子どもはいらねえってぬかしやがって、だったら抱くなってんだ馬鹿野郎め……」

「でも好きなんでしょ?」

「そうなの、好きなのよ。抱かれたい。いい男なんだもの、伝八郎の馬鹿野郎が……」

めそめそと泣き出す。

「男なんてなんぼのもんだい。兎之助も勝手に死にやがって、男なんざぁ好き勝手な馬鹿野郎ばっかりだ。お駒ちゃん、飲んでる?」

「うん、飲んでる、飲んでる……」

「酒飲みって嫌だねえ、ごめんなさいね……」

女二人の酒盛りは、酔っぱらったお千代の独壇場だ。話を聞いているうちにお駒も兎之助に会いたくなる。涙が頬《ほお》を伝う。

「泣いてくれるんだ。ありがとうお駒ちゃん……」

酔っぱらって頓珍漢《とんちんかん》なお千代も泣き出す。何んともだらしのない女賊の酒盛りだ。なまめかしくふらっと立ち上がると、外の厠《かわや》に行って勢いよく吐いた。

お駒が心配して後を追う。

「大丈夫?」

「大丈夫、いつものことだから、少し飲み過ぎた……」

ふらふらと部屋に戻って酔っぱらいの女二人が寝てしまった。こういう時は翌朝がひどいことになる。

お駒はいつものように起きて朝餉《あさげ》の支度《したく》をしたが、お千代は二日酔いで今にも泣き出しそうな顔で起きてくる。

「頭が割れそうだ……」

「おはよう」

「うわぁ、頭に響くう……」

そのまま崩れ落ちる。艶《つや》っぽいうめき声で頭痛を振り切り、再び立ち上がって、ふらふらと厠に行き、井戸端《いどばた》で長屋の女衆に挨拶する。

「久しぶりにお駒ちゃんに会ってやっちゃったの、ごめんなさいね……」

「大丈夫ですか？」

「大丈夫じゃないみたい……」

「冷たい水を飲んで。うちの亭主なんかしょっちゅうだから……」

お千代が柄杓《ひしゃく》の水をうまそうにゴクゴク喉を鳴らして飲んだ。二日酔いの冷水は甘露《かんろ》だ。

「ありがとう。この長屋いいね。みんなやさしくて……」

「貧乏人は相見互《あいみたが》いだからさ……」

「引っ越してこようかしら?」

「今、空きがないのよ」

「なかなか空き家にならないからね」

「やっぱり……」

気さくなお千代は長屋の女たちとも友だちになる。

二日酔いのお千代は朝餉を食べたくないが、お駒に「食べないと飲ませない」と叱られて粥《かゆ》だけはすすった。

「お千代さんはおあきという人を知らない?」

「おあき……」

お駒が一番聞きたいことだ。

「この近くの奥州屋にいた女で、あの日以来、姿を消したらしいのよ」

「どうしてそんなこと聞くの?」

「気になるの、あんなきれいな仕事をするのは誰だろうって、手掛かりはそのおあきという人だけって聞いたから……」

「おあきという人は二人、一人は伊豆の三島《みしま》神社のおあきという人と、もう一人は草加宿《そうかしゅく》のおあきという人だな。そのおあきという人は幾つぐらいなの？」

「それは知らない……」

「三島のおあきは五十ぐらい、草加のおあきは三十ぐらいかな」

「仕事をしたことあるの？」

「うん、昔、三島のおあきと一度だけね……」

「草加のおあきは？」

「一度見たことはあるけど仕事はしたことない」

「そう、三島と草加じゃ遠いね……」

「奥州屋にいたのは草加のおあきじゃないかな。左の目尻に小さな黒子《ほくろ》があったと思うけど、男好きのする色っぽい女だった……」

　お駒は遂《つい》に盗賊の尻尾をつかんだと思った。その女を使っているお頭は誰だろうと思った。

「お頭は誰だろう？」

「それはわからないな……」

　お千代もそれ以上のことは知らない。

「伝八郎ならもっと知っているかもしれない」

「うん、それだけ聞けばもういい、一緒に仕事をしたいわけじゃないから……」

「お駒ちゃんは本当に仕事をしていないの？」

「そうだよ。正蔵の兄さんも堅気みたい。会ってみる？」

「何んか、照れくさいな……」

「お民さんもよろこぶと思うよ。これなんだ……」

お駒は腹が膨《ふく》れている真似をした。

「そうなの、お民さんが、いいなあ。憎らしい伝八郎め！」

「怒らないで、頼んでみたら？」

「頭下げるの？」

「好きなんでしょ？」

「好きだけど……」

少しこじれているお千代と伝八郎なのだ。

「お民さんの蕎麦焼き餅を食べて、浅草に行ってみましょうよ」

「浅草か、いいね」

この頃、ようやくたまりという醤油《しょうゆ》が使われるようになって、料理に大きな変化が起きつつあった。味噌《みそ》から取れるたまりは使いやすい。味噌文化が醤油文化に大きく変貌しようとしていた。

日本には弥生《やよい》の頃から肉醬《ししびしお》、魚醬《うおびしお》、草醬《くさびしお》があったが、渡来したのは唐醬《からびしお》と呼んでいた。それが江戸初期にようやくたまりとなって出てきた。

なんでも味噌汁だったものが、小洒落《こじゃれ》た醬油汁というものが現れると大人気になった。味噌と違って醬油はさっぱりしている。その大革命がおきたのが蕎麦だった。

細切りにした蕎麦を、蒸すから茹でるに変え、味噌汁ではなく醬油汁で食べるという料理が生まれ始めていた。

その扱いの手軽さと、癖になる醬油の風味と香りに、蕎麦文化が二、三十年後にはたちまち爆発することになる。その走りが出始めていた。

問題は蕎麦汁の工夫だった。

正蔵はその蕎麦汁作りに夢中になっていた。

魚醬や草醬を入れてみたり、たまりだけでは塩《しょ》っぱいため、どこまで薄めるか、そんな試した汁をお民が食べさせられていた。

二人が顔を出すと正蔵が妙な茶碗《ちゃわん》を出してきた。

「これ何？」

「お千代、お前これを知らないのか？」

「知らない……」

「田舎者め、今、江戸ではやりの蕎麦汁だよ」

「この黒い汁は何？」

「たまりだよ」

「そんなもの食えるの？」

「いいから食ってみろ、蕎麦汁で煮た蕎麦焼き餅だ」

「これ、蕎麦焼き餅なんだ？」

「煮過ぎると蕎麦の餅が溶けてなくなる。そこが難しい」

「お駒ちゃん、食べたことある？」

「ない……」

「当たり前だ。今日、初めて作ったんだ」

「カッ、試し食いか？」

お千代はブツブツ言いながら食べ始めた。

「どうなの？」

「これ、いけるんじゃない。初めて食べる味だな……」

お駒も食べてみる。

「どうなの、お駒ちゃん……」

お民が心配顔だ。

「うん、蕎麦焼き餅より、この汁に入っている方が美味《うま》いかな……」

「どれどれ……」

正蔵がお千代の茶碗を取り上げて食べてみる。

「汁が少し薄いかな？」

「これでいいよ。兄さんは塩っぱいのが好きだから……」

「ほら、お千代ちゃんもそういうじゃないか、お前さんは塩っぱいのが好きなんだから……」

「いや、江戸の者はこれでは薄い。もう少し濃い味がいい」

「これ、美味いよ、香りもいい……」

お駒は蕎麦汁が好きになった。

同じようなことが、お文《ぶん》の舟月《ふなづき》でも起きていた。

醬油味の料理が結構人気になった。料理の種類も幅が広がりそうで、本格的に料理人という職人が生まれてくることになる。

蕎麦汁を食べて二日酔いが治ると、お千代は元気になった。二人が浅草に向かい浅草寺の参道に入って行くと、浪人とぶつかりそうになった。

三人組の質《たち》の悪そうな男たちだ。

「いい姉さんだな……」

浪人がお駒に因縁をつけようとした。

「御免《ごめん》なさい……」

「女、ちょっと待て！」

「何んです？」

お千代がお駒を後ろに庇った。

「お前じゃねえ！」

「ちょっと、触るんじゃねえ、唐変木《とうへんぼく》が！」

絡んでくる浪人に、お千代が啖呵《たんか》を切った。

「何ッ！」

「斬れ、その女を斬ってしまえ！」

三人は昼から酔っていた。

「ふん、斬れるものなら、斬ってみな……」

お千代がお駒を野次馬の中に押しやると、着物の裾《すそ》を上げて赤い腰巻を見せる。

「いいぞッ、お姉さんッ、ほら、この杖《つえ》で叩きのめしておやりッ！」

老人がお千代に杖を投げた。お千代が着物の裾を腰紐に挟んだ。杖を握ると、先《せん》の先《せん》でお千代の杖が浪人の顔をしたたかに殴りつけた。

太刀を抜こうとした浪人が横倒しに倒れた。返す杖で、もう一人の酔っぱらい浪人の横っ面を叩いた。

二人の浪人が転がった。

「いいぞ姉さんッ、もう一人だ！」

「くそッ、やりやがったな！」

浪人がいきなり太刀を抜いた。

「キャーッ！」

野次馬が二歩、三歩と後ろに下がる。お千代の動きが早かった。先の先で杖が酔っぱらい浪人の腕を叩いた、太刀がガシャッと地面に落ちた。

「おい、斬《い》ってみやがれ！」

間髪《かんはつ》を容れずお千代の杖が横っ面をビシッと叩いた。浪人が三人ともひっくり返った。お千代は、お駒の祖父から剣を習っていたのだ。

「お爺さん、ありがとう、いい杖だね……」

「いいものを見せてもらった。なかなかいい腕だ。どうだね。元気のいい姉さん方にお茶でもご馳走《ちそう》したいが……」

「それは……」

「遠慮しないでくださいな。若い人は老人の楽しみを奪うもんじゃありませんよ。さあ、行きましょう……」

さっさと歩き始めて二人を誘った。

三人で参拝して戻ってくると、酔っぱらいも目が覚めたのか消えていた。

「近頃は、ああいう浪人が増えた。まだまだ、増えそうだな……」

老人は、二人を大川《おおかわ》の傍の別邸風の家に連れて行った。どこもきれいにされていて、大店の隠居の住まいのようだ。

「さあ、上がって、上がって……」

「ここがお爺さんの家なの？」

「そうだよ。川の傍だから眺めがいいだけだ……」

「一人じゃないでしょ？」

お千代が遠慮なく聞いた。

「ああ、婆《ばあ》さんと二人だ……」

玄関で話していると女が顔を出した。

「いらっしゃい……」

ニコニコと美人の女だ。二人は妾《めかけ》じゃないかと咄嗟に思った。

「婆さんだ……」

「ば、婆さんだなんて……」

「婆さんなんですよ。若作りですけど、ホホホッ……」

「川の見える部屋でお茶だ」

「はい、わかりました。すぐ支度をします」

「どうぞ、こちらへ……」

驚いている二人が老人に案内された。

「お爺さんは只者《ただもの》じゃないね？」

「それはお互いに詮索《せんさく》しない方がいい。わしはただの隠居爺さんですよ……」

お駒はほとんど喋らないで、老人とお千代の話を聞いている。そのお駒とお千代は、大川の見える茶室で老人の淹《い》れた茶を馳走になった。

老人が婆さんと呼んだ女は、二人を迎えただけで二度と顔を見せなかった。

二人は狐《きつね》にでもつままれたように、何が起きたんだという顔で、不思議な爺さんだと話しながら正蔵の蕎麦屋に戻ってきた。

浅草での出来事を話すと「お千代は相変わらず乱暴だな。そのうち大怪我をするぞ」と、正蔵が叱った。

「その老人は、川前の隠居とか擂鉢《すりばち》の隠居と言われている人だ。わしも詳しいことは知らないが、名前は確か鮎吉《あゆきち》といったと思う……」

「擂鉢の隠居？」

「どうして擂鉢なんて変な名前なの？」

「よくは知らないが、歯が悪いから、なんでも擂鉢で擦って食べるんだそうだ……」

「お駒ちゃん気づいた？」

「いや、気づかなかったけど……」

茶を馳走になっただけだから、歯が悪いことなどわかるはずがない。

「あの人はその筋の人じゃないかしら？」

「お駒ちゃんはそう感じたの？」

「ええ……」

「そういう噂も聞いたことはあるが、あの爺さんが幾つで、何者なのかは誰も知らないようだ」

正蔵も鮎吉のことは、それ以上、何も知らなかった。

二人は半刻（約一時間）ほど正蔵と話し込んで、神田の庄兵衛長屋に戻ってきた。

お千代はその日も泊まったが酒は飲まず、翌朝早く長屋を出て戻って行った。

伝八郎と、平間寺《へいけんじ》こと川崎大師《かわさきだいし》の近くにいるとだけ言って、詳しくどこに住んでいるかは言わなかった。

川崎大師というのは通称で、正しくは金剛山金乗院《こんごうさんきんじょういん》という。

その昔、平間兼乗《ひらまかねのり》という人が海に網を投げ入れると、弘法《こうぼう》大師の像を引き上げたという。その像を洗い清めて供養し、一宇《いちう》の堂を構えたことが平間寺の始まりである。

お駒は直助と会って、お千代の話をした。

「草加宿か？」

「それと左の目尻の小さな黒子……」

「うむ……」

「どうするかはおじさんにお任せします」

「わかったが、そのおあきは幾つぐらいだ？」

「三十ぐらいだって……」

「それじゃ違う、奥州屋のおあきは五十がらみだそうだ」

「やはりそうか、それじゃ三島のおあきだ」

「もう一人いるのか？」

「うん、三島神社のおあきというらしいの……」

「三島……」

「若い方かと思っちゃった」

お駒がしくじったというように照れ笑いをした。お千代と話した時、一瞬、三島のおあきが気になったのだが、話の流れで、気持ちが草加のおあきに行ってしまった。

未熟だなと思う。

お駒は直助に擂鉢の隠居の話もした。

「ほう、茶を馳走になったか、あの爺さんはもう七十を超えているが、女房は四十になったかならないかだ」

「ええ、そうでした」

「堅気になって二十年以上経《た》つが、あの爺さんは昔、大泥棒だったのだ」

「やはり……」

「あの鮎吉爺さんには近づかない方がいいだろうな。得体《えたい》のしれない化け物だから……」

「うん、そんな感じの人だった」

お駒は、あの老人をやさしい人とは思えなかった。

「おあきのことをお奉行に話すか？」

「おじさんに任せていい？」

「いいよ……」

「じゃあ、お願い……」

お駒は、勘兵衛と会って密告するようなことは言えなかった。まだ、おあきも仲間じゃないかという気持ちがある。

もし、お千代や和三郎や伝八郎のことを聞かれたら、答えられないとも思う。

「おじさん、御免ね……」

「いいんだ。気にするな」

直助にはお駒の気持ちがわかっている。

第五章　箱根《はこね》の邯鄲師《かんたんし》

この年、家康の十男徳川頼宣《よりのぶ》八歳が、肥後熊本《ひごくまもと》加藤清正《かとうきよまさ》の次女八十姫《やそひめ》と婚約した。八十姫は一つ年上の九歳だった。

家康と清正の緊張緩和にもなった。

この婚約は、家康と清正が亡くなってから結婚が実現する。

その徳川頼宣は、二歳で水戸《みと》二十万石が与えられ、八歳のこの年、五十万石で駿府城主になった。この後、十八歳で紀州《きしゅう》五十五万五千石に移され、御三家《ごさんけ》の一つ紀州徳川家の家祖となる。

そんなめでたい時を狙ったように、六月一日に駿府城の城内から出火、またもや再建されたばかりの駿府城の一部が焼失、家康は激怒して、下女二人を火焙《ひあぶ》り、奥女中二人を島流しの刑に処した。

その理由は、大阪の間者による放火だと噂《うわさ》されたからだ。

家康は煙草《たばこ》の不始末だとわかっていた。

七月十四日になって、大御所家康が初めて禁煙令を発した。

その禁煙令が江戸に伝えられると、勘兵衛はその日のうちに銀煙管《ギセル》と煙草を喜与に渡して禁煙する。

江戸城は禁煙で大騒ぎになった。

幕府の重臣は流行《はや》りに乗って、ほとんどが煙草を吸うようになっていた。庶民にまで広がりつつあった。

実は、南蛮人《なんばんじん》から献上され、煙草の種を初めて手にしたのは家康だった。それを栽培させたのも家康だったのだ。

その煙草は火事の原因になることから、家康、秀忠、家光《いえみつ》と次々に禁煙令を出すことになるが、この禁煙が実に難しいことだった。煙草を吸うことを簡単には止《や》められないということがわかった。

禁煙令が出るとしばらくは禁煙するが、三、四日すると一服ぐらいはいいだろう。もう一服はいいだろうと、芋蔓式《いもづるしき》に元に戻ってしまう。

三代将軍家光は、禁煙させるのは無理だと判断して、税を取るようになる。

勘兵衛もこの禁煙にはまいった。

手持無沙汰《ぶさた》というか、吸わなくてもいいから銀煙管を握ってみたい、などと平気で子どものようなことを考える。

「喜与、あの銀煙管だが磨いてみたいのだが……」

「はい……」

「煙草はいらん、大御所さまの禁令だからな。煙草はいらないぞ……」

大切な銀煙管を磨くだけだろうとは、喜与も甘い。勘兵衛を信じているから煙管と煙草を渡してしまう。結果は悲惨だ。

四半刻《しはんとき》（約三〇分）もすると、勘兵衛は喜与の目を盗んでプカーッとやってしまう。

「あら……」

「うむ、ちょっと銀煙管の調子を見ているのよ……」

武士に二言あり。情けない。

一か月もしないですっかり元に戻っている。大御所のご威光も、煙草の前では精々一か月か二か月なのだ。幕府はこの煙草に手を焼くことになる。

ことに駿府城は毎年のように失火することになり、将軍秀忠も禁煙令を時々出すことになった。

煙草は江戸幕府が開かれた頃から厄介《やっかい》な存在だった。

禁煙した後の煙草の美味《うま》いことに、さすがの勘兵衛も溺《おぼ》れ切って、誰も手の施《ほどこ》しようがなかった。

夏の暑さも陰って蜩《ひぐらし》が鳴き始めると、直助は一人で三島神社に向かった。おあきという女を見てみたいと思ったからだ。

六郷橋《ろくごうばし》を渡って、首に吊《つ》るしてきた笠《かさ》をかぶって後ろを振り返る。江戸を出たことを確認する。それは直助だけでなく、笠をかぶると江戸が気になるのだ。

大江戸といわれる地図上のご府内《ふない》の朱引《しゅびき》や、町奉行所の支配の範囲を示す墨引《すみびき》が確定するのは、二百年後の文政《ぶんせい》元年（一八一八）である。

ちなみに朱引は、東が亀戸《かめいど》、隅田《すみだ》村まで、北は千住、滝野川《たきのがわ》村、板橋村まで、西は戸塚《とつか》村、角筈《つのはず》村、代々木《よよぎ》村まで、南は南品川宿までとなる。

墨引は、この朱引の外まで広かったり、朱引の内側だったり、必ずしも朱引と墨引は一緒ではなかった。

直助は六郷橋を渡ると保土ケ谷《ほどがや》宿に向かった。

この時、盗賊の時蔵《ときぞう》一味は次の押し込み先にと目星をつけた江戸日本橋の呉服屋、美濃屋宗助《みのやそうすけ》に仕掛けが済んで、お珠《たま》が入り込んでいた。左近《さこん》は京にいて、江戸の指揮は阿弥陀《あみだ》の十兵衛《じゆうべえ》が取っている。

左近は兄の時蔵と話して、京之助《きようのすけ》と二人で江戸に向かおうとしていた。

保土ケ谷のお杉婆《ばあ》さんの百姓家には、左近の配下の五助《ごすけ》、次郎吉《じろきち》、万太《まんた》、小三郎《こさぶろう》、吉次《きちじ》、四郎兵衛《しろべえ》らが既に集結している。

そんな計画が進行しているとも知らず、直助は休息も取らず保土ケ谷を通過して、戸塚《とつか》宿まで足を伸ばそうと急いでいた。

日本橋から戸塚宿までは十里十八町（約四二キロ）、小田原宿まで十里三町（約四〇・三キロ）、三島宿まで箱根越えは八里（約三二キロ）である。直助は箱根の湯に入りたい気持ちもあるが、物見遊山《ものみゆさん》に出てきたのではないと自分に言い聞かせる。

七郎とお繁は「箱根の湯でゆっくりしてきなさいよ」と言ってくれたが、そうのんびりできる旅ではないと思う。むしろ少し重い気分の旅になっている。藤沢宿から平《ひら》戸塚宿に泊まり、まだ暗いうちに旅籠《はたご》を出て藤沢《ふじさわ》宿に向かった。藤沢宿から平塚《つか》宿まで三里半（約一四キロ）と遠いが、大磯《おおいそ》宿までは二十七町（約二・九キロ）と近い。

小田原までが四里（約一六キロ）と最も遠い。

直助は小田原の旅籠に入ると、夕餉《ゆうげ》に醤油で煮た魚を特別に追加した。そんな贅沢《ぜいたく》をするのは初めてだが、この煮魚が美味《うま》かった。

酒の肴《さかな》にぴったりだと直感して、下《くだ》り酒の上物まで注文してしまった。

「いかんな、この肴は酒に合い過ぎる。酒はいかん……」

ブツブツ言いながら、直助は夕餉を終わらせると寝てしまう。久しぶりの旅で足が結構傷《いた》んでいる。翌日はいよいよ最大の難所、箱根峠に登る四里八町（約一六・九キロ）の長丁場だ。

下りは三島宿まで三里二十八町（約一五キロ）である。

年寄りの直助にとって、山登りの四里八町は厳しい道のりだ。いつものように暗いうちに旅籠を出た。

あちこちの旅籠から続々と箱根山を越える旅人が出てきた。

その流れに乗って直助も山に向かった。足に自信のない者は、早々と山駕籠《かご》や馬に乗って出立する。

この頃は駿府と幕府の威光があり、小田原藩大久保家の取り締まりが厳しく、荒っぽい仕事をする山賊や追い剝《は》ぎのような者はでなかったが、手間賃や酒代を客にねだるもぐりの宿場人足がいた。

人足不足で、幕府も小田原藩も雲助《くもすけ》には目を瞑《つむ》っている。七十七年後の貞《じょう》享《きょう》三年（一六八六）には人足不足のため、出所の不明な浮浪者でも宿場人足になることを許可される。

質《たち》のよくない雲助が増えることになった。

直助は思ったより山登りのきつさに閉口だ。甘酒茶屋に転がり込んで「婆さん、一杯くださいな……」と甘酒を注文する。

「お疲れさまで、ご苦労さまでございます。ごゆっくりどうぞ……」

縁台に何人も腰を下ろして、甘酒を飲んで疲れを癒《いや》している。四里八町を一気に登って行く強者《つわもの》もいた。

箱根八里は天下の嶮《けん》なのだ。

一休みすると誰でも腰が重くなる。

「さて、今日中に三島宿までだ……」

「箱根の湯に入って行きなせいよ。いい湯ですから……」

「そうしたいんだが、帰りにしますよ」

「そうですか、お帰りにも寄ってくださいな……」

「はい、そうしましょう」

婆さんに愛想よく言って縁台から立った。

「それじゃ、あたしらも行きましょうかね……」

隣の旅人も立ち上がる。夫婦なのだろうか、若い男が直助に肩を並べてきた。

足弱な女連れの旅は難儀だ。

「三島宿までだそうで？」

「そうです」

「あっしらは蒲原《かんばら》までまいります」

「それでは三島宿で泊まりですか？」

「そう思っています」

四十がらみの夫婦のようだ。女は寡黙で二人を追って山を登ってくる。

女の足には相当に辛《つら》い山道だ。

道端に空の山駕籠が休息している。

「旦那、ここから一里ばかりが難儀ですぜ、おかみさんに駕籠はいかがかね？」

「ちょっとした酒代で担ぎますよ……」

男と直助が立ち止まった。

女は三、四間遅れて登ってくる。

「いいだろう……」

男が山駕籠を使うことにして言い値で銭を払う。

「へい、行きやしょう！」

勢いよく山駕籠が山を登って行くが、半里（約二キロ）も行かないで山駕籠が道端に止まってしまう。

「どうしたかね？」

「旦那、もう少し酒代をはずんでくだせいよ……」

「さっき、下で払ったはずだが？」

「それとは別口の酒代で……」

「そんなこと言わないで、行ってもらわないと困るんだがね」

「それはそっちの都合で、こっちにはこっちの都合がありやすんで……」

女は怖がって山駕籠から降りようとする。

「駕籠屋さん、いい加減にしなさいよ」

「何《な》んだ。爺《じい》さん！」

「旅は道ずれ、あんまりひどいと見ちゃいられねえんでねえ……」

「ふん、口出しすると怪我《けが》をするぜ！」

「そうかい……」

直助が雲助と揉《も》めている男の傍《そば》に寄ってきた。

「上まで担ぐか、銭を返すかだな……」

「何をぬかす爺《じじい》！」

雲助が息杖《いきづえ》を振り上げて直助を襲った。それを予測していた直助の動きが素早かった。サッと右に体を振って雲助の左腕をつかんでねじ上げた。

喧嘩《けんか》慣れした身の動きだ。

「イテイテ……」

雲助が息杖を手放した。その息杖を握ると直助は雲助の腹をドスンと叩《たた》いた。

「ンゲッ！」

その場に先棒の雲助が腹を抱えて転がる。

「雲助、どうする？」

直助が後棒の雲助に近寄って行った。

「ぜ、銭を返す……」

「いや、銭を返されても困る。上まで担いでもらおう」

「へい、畏《かしこ》まりやした。おい、いつまで寝っ転がっているんだ。もたもたするんじゃねえよ、早く担ぎやがれッ！」

後棒が先棒を叱《しか》りつける。道端に座り込んだ雲助がしぶしぶ立ち上がる。山駕籠が動き出すと、その後ろから直助が歩き出す。駕籠の傍に女を守るように男が歩いていた。

この箱根道は家康が関東に入封したことで、道幅も広げられ大軍が移動しやすいように整備された。

雲助二人は後ろから直助に見張られている。

約束の一里ほどを担ぎ上げた。

「旦那、ここまででございやす……」

「このまま箱根峠まで担ぎ上げろ！」

この頃はまだ箱根の関所はなかった。この後、十年後の元和《げんな》四、五年（一六一八〜一六一九）頃に江戸を守る関所として芦ノ湖《あしのこ》畔に設置される。

「旦那、勘弁しておくんなさい……」

「いいから、担ぎ上げろ！」

「へい、わかりやした……」

「峠の上までか？」

「そうだ。ものにはおまけがある。ここから峠までがそれだ」

「ひでえや……」

「何んだと、酒代をねだったのはどっちだ！」

「わかりやした。担ぎますよ、担ぎゃいいんだ。おい、行くぞ！」

不貞腐《ふてくさ》れた雲助二人がまた山駕籠を担いだ。山を下って、芦ノ湖畔から箱根峠に登って行った。最後の四、五町（約四四〇〜五五〇メートル）の山登りはきつい。

汗だくになって、雲助が女の乗った山駕籠を担ぎ上げる。二人が道端にへたり込んだ。

「ご苦労、もう二度と旅人に悪さをするな。旅人は苦労してこの山まで来るのだ。いいな……」

「へい……」

「酒代をはずもう。少ないが取っておけ……」

直助が後棒の雲助に一朱金を渡した。

「あッ、黄金だッ！」

「どれ、本当だ……」

「旦那、相済みませんです」

「無理を言ったな。湯に入って、一杯やってくれ……」

直助が歩き出した。山を下って行けば三島宿に到着する。

「旦那さん、すみませんです」

女が頭を下げた。男も恐縮して挨拶をする。

「いいのだ。わしも弱気になって駕籠に乗ろうと思ったが、あれで歩く気になった。元気が出たのよ……」

直助がニッと笑って歩き出した。

旅は思いがけないこういうことがあるから楽しいと思う。若い頃はずいぶん旅をしたと思い出す。遠くなった思い出だ。

その日は三島宿に到着すると、三人は同じ旅籠に泊まった。

ところが、その夜、事件が起きた。

深夜、直助の枕元に泥棒が忍び込んできたのだ。旅籠の客の枕元の金品を狙う邯鄲師《かんたんし》とか枕探《まくらさが》しという盗人《ぬすっと》だ。

「奥さん、おやめなさい。戻って休みなさい……」

寝ているはずの直助が小声でつぶやいた。

「いいから寝なさい。もうそういうことは止めるんだ。わしは江戸の町奉行所の者だ。小田原藩に突き出したら死罪だぞ」

「あのう……」

直助が女に背を向けた。

箱根の甘酒茶屋で二人と道連れになった時から、自分と同じ匂いのする男と女だと直感した。あの雲助たちが現れた時も、雲助が酒代をねだった時も、仲間の芝居だと直助は見抜いていた。

その自分の勘が正しいのかを確かめたくて一朱金を与えた。

男と女はそんな直助を金持ちと勘違いして正体を現した。確信した直助は、それを寝ないで待っていた。

翌朝、男と女は姿を消していた。

宿の者の話では、夜中に急に用事を思い出したと言って、慌てて旅籠を飛び出していったという。直助は二人が部屋を出て行ったのを知っていた。

朝餉《あさげ》を取ると三島神社に向かった。

門前の茶屋に入ると茶を注文する。

三島神社は創建が不詳で、天平宝字《てんぴょうほうじ》二年（七五八）には鎮座していたというから古い。

「どうぞ……」

女が茶を縁台に置いた。

「姉さん、すまないが、おあきという姉さんを知らないかね？」

「この辺りの人ですか？」

「うむ、三島神社とだけ聞いたのだ……」

「知らないね……」

「そうかい……」

直助は三島神社には二度目だ。若い頃に一度参拝している。境内《けいだい》には樹齢千年という金木犀《きんもくせい》の巨木がある。ゆっくり昔を思い出しながら茶を喫した。

源　頼朝《みなもとのよりとも》が庇護《ひご》した大きな神社だ。

「茶代はここに置きますよ……」

「ありがとうございました」

直助が女の顔をチラッと見て縁台を立った。長い参道をゆっくり奥に向かう。

刻が止まったような静けさだ。神々《こうごう》しい静寂だ。

拝殿の前で、直助は何かを待つようにしばらく立っていた。

四半刻もしないで三人の男が現れ直助を囲んだ。

「おあきを探しているというのはお前か？」

「そうだ。お前たちのお頭に、お題目《だいもく》の直助が来たと伝えてもらいたい。そしてな、殺しますか、それとも会いますかと聞いてみろ。わしは旅籠の魚屋《うおや》に泊まっている」

「お題目の直助さんだね。ようござんす。そこまでおっしゃるなら取り次ぎやしよう。魚屋で待っていておくんなさい」

男たちが丁寧《ていねい》になった。

直助には、お駒から三島のおあきと聞いた時、フッと思い当たる人物がいたのだ。それを確かめるため一人で三島に来た。

旅籠に戻ると、夕餉を頼まずに呼び出しを待った。

三島には小田原北条家の支城、山中城《やまなかじょう》があったが、秀吉の小田原征伐で落城すると廃城となった。

第六章　箱根峠の難儀

夜になって旅籠の主人が「御免なさい」と現れた。

「このようなものが届きましてございます」

主人が廊下に座って紙片を畳に置いた。

「ありがとう。何んと書いてありますか？」

「よろしいので？」

「いいですよ」

「さて……」

主人が二つ折りの紙片を開いた。

「呼び出しでございます。三島神社までおいでくださいと……」

「そうですか、それではちょっと行ってきます」

「お気をつけられて……」

直助は主人に見送られて旅籠を出た。するとさっきの三人が直助を囲んで近寄ってきた。

「三島神社まで一緒にまいります」

直助は見張られていたことを感じた。黙って直助が三島神社に向かった。拝殿の前まで行くと、星明かりの中に杖を突いた老人と、手助けをするのだろう女が現れた。

星明かりの中に影が浮かんでいる。

老人が拝殿の階《きざはし》に腰を下ろすと、女も三人の男たちも消えた。

「お題目の、よく来たな。待っていた」

「お頭……」

「泣くな。わしは間もなく九十だ。来てくれると思っていた。米津勘兵衛の使いかと思ったが、一人で来たのだな？」

「はい、三島のおあきと聞きまして……」

「そうか、今、ここにいたのがおあきだ。孫娘だがいい年になったわ……」

「お頭もお元気そうで何よりです」

「そう元気でもない。あと何年生きられるかだ。奥州屋の二千両は勘兵衛に返す。江戸に出て来いというならそうする。三尺高いところに上がれというならそうする」

「お頭にそのようなことは……」

「お題目の、勘兵衛がわしを殺してくれるなら有り難いことだ。米津勘兵衛はいい男だそうだな……」

「はい……」

「惚《ほ》れたか？」

「お頭……」

「お題目が惚れた男なら間違いなかろうよ。おあきはいるか……」

「はい！」

闇の中から女が現れ、懐から紙片を出して老人に渡した。

「平助《へいすけ》は来ているか？」

「はい、呼びましょうか？」

「そうだな……」

おあきが暗がりに消えた。その代わりに男が出てきた。

「お題目の、三十年、そなたの代わりにわしの傍にいる平助だ」

「平さんか……」

「直さん、よく来てくれたな。お頭が会いたがっていたのだ……」

「平さん、すまない……」

　直助が泣いた。

「平助、これを渡してやれ……」

「はい……」

　平助が老人から紙片を受け取って直助に渡した。

「二千両の在《あ》り処《か》を書いてある絵図だ。お頭は直さんが嗅ぎつけるから、江戸に置いて来いということで、二千両は江戸から出さなかった」

「それでは、お頭は全部？」

「ああ、直さんが奉行所に出入りしていることも知っておられた。奥州屋をやったのはわしだ……」

「そうか、見事だった」

「平助、魚屋に送ってやれ……」

「お頭！」

「今生《こんじょう》の別れだ。お題目の、会いに来てくれてありがとうよ……」

おあきが現れ老人を連れて闇に消えた。

「病《やまい》なのか？」

「うむ、歳《とし》だからな。直さんに会うと言って出てきたのだ」

「出歩くのも難しいのか？」

「寝たり起きたりだ……」

「そうか、すまない。お頭を頼むよ」

「ああ、それがわしの最後のお務めだな……」

二人は話しながら魚屋まできた。

「寄って行くか？」

「いや、直さん、気をつけて帰れ、達者でな……」

小さく手を振って平助が闇に消えた。

お題目の直助とは盗賊だった頃の名で、直助は安房《あわ》小湊《こみなと》の、日蓮《にちれん》の生家跡に建《こん》立《りゅう》された日蓮宗誕生寺《たんじょうじ》の傍で生まれた。

いつもお題目を唱えていたことから、いつの間にかお題目の直助と呼ばれるようになった。

その夜、直助は珍しく興奮していつまでも眠れなかった。

翌朝は辰《たつ》の刻（午前七時～九時頃）過ぎに起きて、遅い朝餉を取ると旅籠を出た。明るいうちに箱根を越えるには急がなければならない。

箱根峠に登る三里二十八町は結構きつい山道だ。その峠を登りきると直助の前に三人の男が道を塞いで立った。

「わしに用か？」

「ああ、懐のものを置いていけ……」

「追い剝ぎとも思えぬが？」

「黙って懐のものを渡せ！」

「そういうことか？」

「渡せば命は取らねえ、逆らえば殺すしかない」

「江戸から持ち出せると思うか？」

「うるさいッ、渡すのか、渡さねえのか、どっちだ！」

三人が直助を囲んで懐の匕首《あいくち》を抜きそうだ。

「折角だが、渡すことはできねえな……」

「くそッ、やっちまえッ！」

三人が一斉に匕首を抜いて直助を脅そうとする。

「爺さん、死ぬぜ、いい加減に渡した方がいい！」

「これはお頭から預かったものだ。江戸のお奉行所に返すものだぞ」

「そんなことはさせねえ！」

「お前たちは平さんの配下か？」

「あんなおいぼれの配下じゃねえ！」

「おいぼれだと……」

怒った直助が懐に手を入れ、匕首を握るとゆっくりと抜いた。

「爺がやる気だぞッ！」

三人が及び腰になったのを見抜いた。直助の喧嘩殺法だ。素早く左に走って男の右腕を斬った。ポロッと匕首が落ちた。

「やりやがったなッ！」

若い男が匕首を突き出して左右に振りながら腰が引けている。もう一人は腰に匕首を構えていた。こいつは人の殺し方を知っている。

こんな奴《やつ》が何んで平助の配下なんだと思う。こいつだけは生かしておけない。

その時、芦ノ湖畔の杉並木を抜けて峠に走ってくる男たちを見た。

人が来ては面倒だと思ったのか、男が腰に匕首を置いて体ごと直助にぶつかってきた。その匕首が直助の腹を掠《かす》った。

直助の匕首は男の心の臓を突き刺している。その傷口からバシャッと血飛沫《ちしぶき》が飛び散った。直助の体がその血飛沫にまみれる。男の血が体から抜けてガクッと道端に転がった。

膝を突いた直助も、道の血だまりに座り込んでしまった。

腕を斬られた男と若い臆病な男が「ギャーッ！」と叫んで、三島宿に向かって吹っ飛んで行った。

そこに邯鄲師の男と例の雲助が走ってきた。

「だ、旦那ッ！」

「おう、お前たちか、大丈夫だ。匕首が腹を掠った……」

「この褌《ふんどし》で縛ってくれ！」

雲助が褌を取るとビリビリと半分に裂いた。

「すまねえな……」

「そうだ、駕籠だッ！」

「おう！」

二人の雲助が峠から猛然と転がり落ちて行った。一人は褌をしないでヒラヒラ握って走っている。

「旦那、血だらけだ。立てますか？」

「うむ、肩を貸してくれ……」

傷は浅手で、袖《そで》を千切《ちぎ》って傷に当てると褌で縛った。直助は邯鄲師の肩を頼りに立ち上がり、傷を押さえて少し歩いてみた。ゆっくりなら歩ける。

「女房はどうした？」

「ありゃ、女房じゃねえんで……」

「悪い奴だな。あの女を女房にして堅気になれ……」

「へい……」

「堅気になれば、結構食えるものだ」

「そうなんで……」

「世の中とはそういうものだ」

二人が峠から一町ほど下りて行くと、空の山駕籠を担いだ二人が駆けつけてきた。

「旦那、乗ってくだせい。藪《やぶ》だけど医者がいますんで！」

「すまん……」

「さあ、行きますよ！」

箱根宿に向かって歩き出した。直助は医者に運ばれ、血だらけだがそれは返り血で傷は深くはなかった。

「この傷なら大丈夫だ。養生すればすぐ良くなる」

「急いで江戸に戻りたいのだが？」

「三日は駄目だ。傷がふさがるまでは動かない方がいい」

「駕籠でも駄目か？」

雲助が医者に聞いた。

「駕籠か……」

「旦那、心配ねえよ、江戸までならひとっ走りだ！」

「それは明日まで様子を見てからだな」

「よし、それじゃ駕籠の支度をしておこう……」

その夜、邯鄲師の男と女が、医者の家に泊まり込んで直助の看病をした。運よく直助の傷は、熱を発することもなく出血も止まった。

「お前さん、あの男を手放しちゃ駄目だぞ。女房になって足を洗い堅気になるんだ。そう話してあるから、いいな？」

「うん……」

「江戸の北町奉行所に黒川六之助さまという方がいる。その方に不忍の直助と言って訪ねてくればいい。生きていれば力になるから……」

「うん……」

女がこういう境涯に落ちるには、口では言い難い不幸が重なっている。直助は同じような運命を背負った女を何人も見てきた。

そんな女の末路は引き返せない地獄になる。苦界《くがい》に身を沈めると、生半可《なまはんか》なことでは浮かび上がれなくなるのだ。

直助は男も女も救いたい。箱根の甘酒茶屋で出会ったことが、そんな運命の岐路なのだと直助は思う。

久々の長旅で直助は疲れていた。出血したこともあってかウトウトと寝てしまった。

翌朝、直助は生気を取り戻して目覚めた。

箱根の湯に入りたい気分だが、枕探しの女が湯を酌《く》んできて、血に汚れた直助の体を拭いてくれた。

「藪医者ッ、これから江戸に向かうぞ！」

雲助二人が仲間二人を連れて来た。四人で山駕籠を担ぐ、早駕籠仕立てにして現れた。先棒に横棒を入れて二人で担ぎ、後棒に横棒を入れて二人で担ぐ仕組みだ。

早駕籠は一日で二十里以上走る。

箱根山の雲助は、特に足腰が頑丈で、二十五里（約一〇〇キロ）は行ける。箱根宿から江戸まで二十四里八町なら一日で走り抜けられる勘定だ。

「旦那、乗ってくだせい！」

「箱根の雲助の底力をお見せいたしやす、乗っておくんなせい！」

直助の腹の傷に布が厚く当てられ、褌を何本も巻いて、傷が動かないようにして早駕籠に乗せられた。

「行こうぜ相棒！」

「よし、江戸までひとっ走りだ！」

邯鄲師の男は褌を先棒に結んで引っ張る。明日の朝には北町奉行所に飛び込もうという魂胆なのだ。一か八か誰もやったことのない男意気だ。

途中で交代できれば楽なのだが、昼夜を五人で走り抜くのだから容易なことではない。

「旦那、行きますぜ！」

山駕籠が上がった。

「おいッさー、ほいッさー……」

「おいッさー、ほいッさー……」

先棒と後棒が息を合わせて動き出した。人は感動する生き物なのだ。ほんの小さな直助の気持ちに二人の雲助はやさしさを感じた。

感動すれば力が出る。

「おいッさー、ほいッさー……」

四里八町の箱根山を下って山駕籠は小田原宿に下りてきた。

「おいッ、どこまでだい！」

「江戸だ！」

仲間の雲助が声をかける。

「気をつけて行けよ！」

「おう！」

「おいッさー、ほいッさー……」

大磯宿、平塚宿、藤沢宿、戸塚宿までが相模《さがみ》の国、この先が武蔵《むさし》の国になる。

保土ケ谷宿、神奈川《かながわ》宿、川崎《かわさき》宿、品川宿まで走って江戸に入る。

「おいッさー、ほいッさー……」

「おいッさー、ほいッさー……」

途中で何度か水を飲んで休息を取ったが、二十四里八町を男の意地で走り抜けた。朝、巳《み》の刻（午前九時〜一一時頃）に、早駕籠が北町奉行所に飛び込んだ。

四人の男が門内に入って崩れ落ちた。

「どこからだッ！」

「は、箱根で……」

「なお、直助殿ッ！」

「み、水だッ！」

北町奉行所が大騒ぎになった。続々と与力、同心が飛び出してきた。

「直助ッ、怪我かッ？」

「長野さま、大したことはございません……」

「直助を運べッ！」

「駕籠屋に水だッ！」

直助が、黒川六之助と小栗七兵衛《おぐりしちべえ》に両側から支えられて、勘兵衛の部屋に転がり込んだ。

「直助！」

「お奉行さま……」

懐から紙片の絵図を勘兵衛に差し出した。

「奥州屋の二千両にございます……」

「うむ、わかった。喜与、直助を！」

「お奉行さま、あっしは大丈夫でございます。傷は浅手にて、箱根から早駕籠で駆けてまいりましたのは……」

直助は雲助と邯鄲師のことだけを話し、三島のことは話さなかった。絵図の出どころも言わない。

宇三郎、文左衛門、半左衛門、孫四郎、左京之助ら与力たちが集まってきた。

「そうか、相分かった。詳しい話は後で聞こう」

勘兵衛が紙片を開いて見た。

「なるほど、半左衛門……」

勘兵衛が紙片を半左衛門に渡した。

「これは？」

「奥州屋庄兵衛から消えた二千両の在り処だ」

「では、早速に……」

「うむ、引き上げて運んで来い……」

「畏まりました」

半左衛門が立って行った。

「孫四郎、箱根の駕籠かきを砂利敷に入れておけ……」

「承知いたしました」

「左京之助、誰かを神田に走らせ、お駒を呼んで来い」

「はい……」

「宇三郎、作左衛門《さくざえもん》に北町奉行米津勘兵衛御用の木札を一枚書かせろ……」

「畏まりました」

「喜与、十両ばかりあるか？」

「はい、ございます」

「公事場《くじば》に持ってこい。直助、歩けるか、六之助と七兵衛、肩を貸してやれ
……」

勘兵衛が直助を連れて公事場に出て行った。

直助と二人の同心が縁側の下段に控えて座った。直助を勘兵衛は武家の扱いにした。

「お奉行さまだ！」

六之助が告げると五人が平伏した。

「直助をよく助けてくれた。奉行から礼を言う！」

「ははッ……」

「少ないが奉行から一人一両の褒美をだそう。枕探しの女と医師に治療代も入れて一両ずつ、箱根からの早駕籠代三両、締めて十両を下げ渡す！」

「へへッ！」

五人が筵《むしろ》に這《は》いつくばった。

「雲助ッ！」

言葉の調子が変わって厳しくなった。

「へいッ！」

「今後、客に金品をねだってはならぬぞッ。約束するかッ？」

「へいッ、お約束いたしやす！」

「よし、ならば今日より駕籠にこの木札を下げておけ、北町奉行米津勘兵衛御用と書いてある。悪さをしたと聞こえてきたらその首を刎《は》ねる。今日からわしの子分だからな。覚悟しろよ！」

「へへッ！」

六之助が御用札と十両の袱紗《ふくさ》を雲助の前に置いた。

「勿体《もったい》ねえ……」

荒くれの雲助が「勿体ねえ、勿体ねえ……」と男泣きに泣いた。天下御免の北町奉行の御用札である。

「枕探しも止めろ、いいな？」

「はい！」

「ご苦労だった」

朝は忙しく、登城する勘兵衛が公事場から消えた。

「旦那、こんなにいただいていいんで？」

「いいのだ。天下御免の木札を下されたお奉行さまのお気持ちを忘れぬようにな……」

「へい、死んでも忘れませんでございやす……」

「これからお奉行さまが江戸城に登城される。お見送りをしてから箱根に帰れ

「……」

「へい……」

しばらくして文左衛門が登城の行列を作った。

馬に乗った勘兵衛が奉行所から出てくると、門の外に五人が地べたに座って土下座した。

「顔を上げろ！」

馬が止まった。

「気をつけて帰れ、箱根は大久保忠隣さまのご領内だ。これから城中でお会いする。話しておこう！」

「へい！」

勘兵衛の登城は巳の刻と決まっている。

第七章　お松《まつ》の塩

与力と同心、捕り方たちを率いて、半左衛門は大川に走って行った。

絵図には二千両を沈めた大川の腐れ舟の場所が書かれている。大川の草むらに腐れて沈んだ川舟がすぐ見つかった。

「川に入って調べてみろ、腐った舟だから気をつけろ！」

「舟が重なって沈んでいます！」

「上の舟の筵を剝いでみろ！」

「腐れ筵だ……」

捕り方たちが腰まで水に入って、沈舟の襤褸《ぼろ》筵を取り除くと箱が出てきた。

「長野さまッ、箱が三つありますッ！」

「おう、深い方へ落とさないように引き上げろ！」

「結構、重いぞ。気をつけろ……」

金箱が一つずつ引き上げられ、半左衛門の前に三箱が並んだ。

「開けてみろ……」

同心が次々と箱の蓋《ふた》を開けた。わずかに泥のついた小判が光っている。

「間違いない。蓋が開かないように縄で縛って奉行所に運べ！」

その頃、直助は駆けつけたお駒と話をしていた。

「このことについては、わしに任せて何も言うな。いいな？」

「おじさん……」

「お奉行さまはわかってくださる。心配するな……」

お駒は、お千代と伝八郎に調べが及ぶことを心配している。

「痛くない？」

「もう大丈夫だ。掠り傷だから……」

二人が話していると、下城した勘兵衛が着替えて部屋に入ってきた。

「どうだ。二人で話は決まったか？」

「恐れ入ります」

お駒が立とうとした。

「お駒、そこに座って話を聞いていろ……」

「はい……」

「親父、どこまで話をするか決めたか?」

勘兵衛には、直助がなぜ箱根山で襲われたか、おおよその見当はついている。

「お奉行さま、あっしは若い頃盗賊をしておりました」

「そこまで戻るか、いいだろう」

「お頭は明神《みようじん》の坊丸《ぼうまる》といいます。このお駒の亡くなった爺さんも明神の配下でした。明神の素性を知っている者はいません。九州の宗像《むなかた》の生まれだとは聞いたことがあります」

「なるほど……」

「明神のお頭から二十数年前に離れましてございます。既に亡くなったと思っていました」

「生きていたのか?」

「はい、九十歳になります」

「ほう、それで会ってきたのだな?」

「はい、お頭は、お奉行が江戸に出て来いというのであればそのようにします。三尺高い磔《はりつけばしら》柱に登れというなら、そのようにしますと言っております……」

「そうか、神妙である。それでどうすればいいか？」

「お奉行さまの仰《おお》せの通りにいたします。申し訳ございません……」

傍で聞いているお駒が泣いていた。祖父からも聞いたことのない話だった。そんな人が生きていたとはまったく知らなかった。

「親父、この話はここまでにしよう。坊丸に負けないほど長生きしろよ」

勘兵衛が何事もなかったように部屋から出て行った。

その後ろ姿に直助が合掌《がっしょう》した。

大川から半左衛門たちが戻ってくると、砂利敷に金箱が三つ並んだ。

「中は確かめたか？」

「はい、確かめてから縛りましてございます」

「奥州屋を呼んでくれ……」

勘兵衛が半左衛門に命じた。

同心が奥州屋に走って行って、金箱が見つかったと伝えると、奥州屋庄兵衛が番頭を連れて大慌てで奉行所に現れた。

「奥州屋、この金箱は奥州屋のものに間違いないか？」

「はい、このようなものがどこから？」

「大川に沈んでいたものを引き上げた。中には確かに小判が入っている。確かめるか？」

「いいえ、お奉行所で調べられたものを確かめるなどと……」

「ならば書類に爪印を押して引き取れ……」

「それだけで？」

「他に何か？」

「誰が持って行ったとか？」

「奥州屋、事件には言えることと言えないことがある。そこを含んでもらいたい」

「はい、失礼を申し上げました」

奥州屋が勘兵衛に頭を下げた。

「ところでお奉行さま、この金箱三つですが、戻らないものとあきらめておりました。どんないわくの金箱かわかりませんが、お奉行所で一つ引き取っていただけませんか？」

「奉行所で？」

「はい、お奉行所のご苦労を有り難く思っておりますので……」

「そうか。だが、奥州屋、奉行所は将軍さまから禄《ろく》をいただいておる。一箱では少し多い。そなたの気持ちとして百両だけ預かろう」

「承知いたしました。それでは改めてお礼にお伺いいたします」

「うむ、そうしてくれ……」

三つの金箱が奥州屋庄兵衛に引き取られていった。

勘兵衛は、書き役の岡本《おかもと》作左衛門に「明神の坊丸なる者、二千両を返却する」とだけ記載させた。

その日の夕刻、直助は不忍の商人宿《あきんどやど》に戻って行った。黒川六之助と小栗七兵衛が送って行った。お駒は庄兵衛長屋に戻った。

夜になって、奥州屋庄兵衛が、番頭に百両の礼金を持たせて奉行所に現れた。

庄兵衛にしてみれば、消えた金箱が突然見つかり、一両も不足していないのだから奇怪至極なのだ。その上、経緯については奉行所の都合で言えないという。

そう言われれば、なお更《さら》知りたいのが人情だが、そこはどんな事情でも呑み込む大店《おおだな》の旦那だ。何も言わない。

改めて礼を述べ、百両の礼金を置いて帰った。

一方、北町奉行米津勘兵衛御用の木札を下げた箱根の山駕籠は、雲助の自慢話と一緒に人気になった。

江戸の奉行所の御用となれば、いくら乗っても法外な酒代をねだられることがない。そんな駕籠は旅人には有り難い。

「正直者の駕籠だよ！」

「江戸の北町奉行さまの御用駕籠だぜ、箱根に来たら話の種に乗ってみなきゃ損だよ！」

「へえ、話にゃ聞いたが本当なんだね、お前さんたちかい、江戸のお奉行を助けたっていうのは。ちょっくら箱根の湯まで行ってもらいてえ、酒代は弾むよ」

「相棒、福の神のご到着だぜ、一丁山登りといくか！」

「あいよ、がってんだ！」

そんな塩梅《あんばい》でまことに景気が良かった。

遠い箱根山で日々そんなことが起きているとは、勘兵衛は知る由もない。

大御所家康の禁煙令も三日天下で終わり、家康の忠臣中の忠臣といえる米津勘兵衛まで、プカーッとやってしまうのだから南蛮渡りの煙草の魔力は恐ろしい。

本邦初の禁煙令が木っ端微塵《こっぱみじん》に砕け散った。

この煙草が、色街の女たちに流行るのはあっという間だった。

「艶っぽい遊女が、長煙管で煙草に火を吸いつける恰好《かっこう》なんざあ、まことにようござんすね……」

「色っぽいね、フッと煙を吐く唇なんざあ何んですね、男ならだれでもクッと吸いつきたくなるんじゃございませんか？」

「そうなると西田屋の小笹《こざさ》なんざあ観音さまですな。この煙管をつまんで弄《もてあそ》ぶさまなんざ色の極みですな……」

「その小笹もいいが、この頃初見世《はつみせ》の夕霧《ゆうぎり》なんざあ憂《うれ》いがあってようござんすよ、スーッと流れる視線がたまらないですな……」

いつの世も、好色な男どもの品定めは容赦がない。近頃、庄司甚右衛門の娼家《しょうか》西田屋は大繁盛していた。

暑い夏がようやく行き過ぎる頃、塩浜の行徳屋に嫁に行ったお松が、ぷくっと膨《ふく》れた腹を抱えて奉行所に現れた。

行徳屋の若い衆二人が、荷車に塩俵を積んできた。

「お松、どうしたその腹、膨れたな？」

「はい、お陰さまで……」

奥の庭に廻ってきたお松を、勘兵衛が縁側に上げた。

「おい、そこの若い衆、わしのお松に仕込んだのはお前さんかい？」

「へえ、そうなんでございます」

「そうか、そうか、ここに来て座れ、どんな経緯か話を聞こう」

「あの、経緯と言いましても……」

「お前さんが惚れたのかね、そう聞いたが？」

「そうなんでございます」

他人事《ひとごと》のように言ってチラッとお松を見る。それにうれしそうなお松がニッと微笑《ほほえ》んだ。

「それで、いつ生まれるんだ？」

「来月で……」

「大丈夫か、江戸まで出てきたりして？」

「へえ、この出っ張った腹をお奉行さまに見てもらいてえと言うもんですから……」

「そうか、お松、丈夫な子を産めよ」

「はい……」

「お奉行さま、うちには塩しかないもので……」

「気を遣ってくれたのか、有り難く頂戴しよう。お松を頼むからな……」

「はい！」

塩作りで浜焼けした若者は、恐れを知らないたくましい男だった。二十歳を超えたぐらいかと勘兵衛は思った。

勘兵衛は直助から聞いて、祖父の湛兵衛が、お松の前に姿を現さないことを知っていた。

盗賊家業をしてきたことで、湛兵衛は堅気のいい家に嫁いだお松の前に顔を出してはいけないと思う。

長く暗闇に生きてきて、不幸を招く男だと思っている。お松の幸せのために、もう会うことはないだろう。そのお松と若い亭主は、塩叺《しおかます》五俵を置いて帰って行った。

隠居したとはいえ、悪の道に手を染めた老盗賊は重すぎる罪を背負っている。

北町奉行の勘兵衛はそれを咎《とが》めなかった。

そればかりでなく、ただ一つの生き甲斐《がい》だったお松を取り上げ幸せにしてくれた。それだけで充分だ。

お松は年に一度、勘兵衛に会いに来る時、塩叺を運んでくるようになる。

奉行所ではお松の塩と言って、与力や同心が、お幸に願って少しずつもらっていく。塩浜のお松の塩は人気になった。

勘兵衛にとって、お松が大きな腹を抱えて見せに来てくれたことはうれしいことだ。

そんな時、お文《ぶん》の舟月に、大胆にも追分《おいわけ》の清太郎《せいたろう》が現れた。

お文は同心の村上金之助の子を産み、八丁堀の役宅に住んで舟月に通ってくる。金之助が立ち寄って、夕餉を食べてから子どもと三人で帰って行く。

武家に惚れたお文を仕方ないと思いながら、娘に甘い親父は反対もしないで見守ってきた。

たちまち男の子が生まれて、その子守をさせられている。

杖《つえ》を突いて、ひとりで入ってきた清太郎は、飯だけを食ってフラッと出て行った。

親父は若い職人に後をつけさせたが、すぐ見失って戻ってきた。素人が追跡するのは所詮無理だった。

翌朝、親子三人が朝餉に来ると、金之助に清太郎の話をした。

「追分という老人だったな？」

「どなただったか、あの時もうまく巻かれましたが、昨日も若いもんがあっさり巻かれましたよ……」

「あの時、追いかけたのは、与力の赤松左京之助さまだ。お知らせしよう」

追分の老人一味は清太郎、紋蔵《もんぞう》、お島《しま》、元吉《げんきち》と面が割れている。それをわかっていて江戸に現れる大胆不敵な連中だ。

金之助は油断のできない奴らだと思う。

「今度、現れたら……」

「つけられたと思っただろうから、また現れるとは思いにくいが、後を追うのは止めた方がいい。危険だ。お文も一人で店から出るな。子どもも出すな！」

「わかりました」

何をしに老人が現れたのかわからないが、当然、紋蔵やお島たちも江戸に入り込んでいると思われる。

奉行所に急いでくると、金之助は赤松左京之助を探した。

「どうした金之助？」

「あッ、長野さま、赤松さまは？」

「さっき見かけたが、左京之助がどうした？」

「あの、追分の老人がお文の舟月に現れまして……」

「何んだと、いつのことだ！」

「昨日の夜で、店の者が追ったそうですが撒《ま》かれました」

「左京之助はどこだ？」

「厠《かわや》ですが……」

「戻ったら、お奉行の部屋に来いと伝えろ、金之助、来いッ！」

半左衛門は厄介な男が現れたと思う。赤松左京之助を巻いて逃げるなど半端な男ではない。紋蔵も偶々《たまたま》辻斬り騒ぎに巻き込まれたが、落ち着いてなかなかの振る舞いだった。

「お奉行、舟月に例の追分の老人が現れたそうです」

「追分の……」

「金之助、詳しく話せ！」

「はッ、昨日、いつものように舟月で夕餉を取りまして役宅に戻ったのですが、その直後に追分の老人が一人で店に現れ、飯だけを食って帰ったそうにございます」

「何を食ったかわかるか？」

「飯ですが……」

「飯の他に何を食ったかと聞いているのだ」

「それは……」

そんなことまで金之助は親父から聞いていない。

「半左衛門、舟月に追分の親父の好物があるのではないか？」

「好物？」

「美味《うま》いものだよ……」

「金之助ッ！」

「すみません！」

金之助が半左衛門に叱られた。何を食ったかぐらい調べておけということだ。

金之助は書き役になってから、のんびりして気が回らなくなっていた。

「例の浅草の紋蔵の百姓家に誰かを走らせろ！」

「あの梅ノ木のある……」

「それに誰かを舟月に入れておけ……」

「はい、金之助！」

「はッ！」

「金之助じゃ駄目だ。誰かお文を好きな同心はいないか？」

「それは黒井新左衛門です。惚れこんでおりますから……」

「そうか、よし、新左衛門にしろ！」

「お、お奉行……」

「何んだ。わしの決めたことに不満か金之助……」

「新左衛門ではなく、是非、このお役はそれがしに！」

「駄目だ。お前は書き役だ！」

「お奉行、なにとぞお願いいたします！」

「金之助、新左衛門にお文を取られるのは嫌か？」

「はッ！」

「ならば外廻《そとまわ》りに戻るか！」

「はい！」

「お奉行、今更、外廻りに戻っても足手まといになるばかりかと……」

「長野さまッ！」

半左衛門も意地が悪い。金之助は厄介者だという。お文が危険だ。

「長野さま、しっかり努めますのでなにとぞ外廻りに、お願いいたします！」

「外廻りは夜昼ないぞ。書き役のようにはいかん。お文を忘れられるか？」

「はい、忘れます！」

できもしないことを言う。黒井新左衛門はやさしい色男だ。金之助より二つばかり若い上に背が高く形《なり》がいい。舟月のお文に以前から惚れていた。

ここは嘘《うそ》を並べ立てても譲れない。

お文を取られたら切腹しかないだろうと思う。金之助はお文に惚れぬいている。

「お奉行、金之助は信用できません。大事な時です。まずは新左衛門をお願いいたします」

「そうか。金之助、三日の間に作左衛門と相談して書類の始末をつけろ、それまでは舟月のお文は新左衛門に任せろ……」

「クッ、み、三日……」

「そうだ。半左衛門の許しが出たら外廻りに戻れ……」

金之助は泣きそうな顔になった。

あの新左衛門が三日もお文の傍にいるのかと思うと、新左衛門がお文を口説くのではと殺意が頭をもたげる。

兎《と》に角《かく》、三日間は舟月に飛んで帰るしかない。お文を好きで好きでたまらない金之助なのだ。そのお文が突然危機に陥った。

第八章　幾松《いくまつ》と小笹《こざさ》

追分の老人が、麦とろ飯を食いに来たことがわかった。

麦とろ飯は麦を入れないとろろ飯としても食べられた。山芋は粘りが強く擂《す》り下ろしただけでは扱いにくい。

そこで舟月では、擂り下ろした山芋を味噌汁《みそしる》で溶《と》き、生卵も加える。そこにたまりを一たらしすると、絶品のとろろ汁になる。

それを温かい麦飯や白飯にかけて食べると、何杯でも飯は腹に流れていく。その美味さは素朴で好きな人は目がない。舟月のとろろ汁は秀逸だった。

とろろ汁は関ケ原の戦い後に、東海道《とうかいどう》で最も小さな宿場になった駿河、安倍川《あべかわ》の鞠子宿《まりこじゅく》の丁子屋《ちょうじや》が有名になる。

とろろ汁の素朴な味を好きな人は多く、その地方によって食べ方は色々である。不思議なことに、とろろ飯はいくら食べても腹を壊さないのだ。

金之助は仕事が終わると舟月に走って帰る。

「お文、お文、今日はどこにも行かなかったな？」

「はい、黒井さまがおられましたので……」

聞きたくない名前だ。

「もう帰れるか？」

「夕餉は？」

「おう、食べよう……」

「村上さん……」

「おう、新左衛門殿……」

「今度、外廻りに戻られるそうで、よろしくお願いいたします」

「まあ、書き役は辞めるの？」

「うむ、お奉行の命令でな。明後日からだ」

「急な話で……」

「今日のことだからな」

「そう……」

金之助とお文は、店を閉める前に子どもを連れて役宅に帰った。新左衛門は店を閉めるまで見張りについた。

赤松左京之助と森源左衛門、佐々木勘之助の三人が、浅草の梅ノ木の百姓家に走ったが、家の周辺も屋内も使われた形跡がなかった。

この頃、鬼屋で問題が起きていた。

威勢のいい鬼屋の幾松《いくまつ》が西田屋に通っていたが、小笹に惚れ込んで西田屋に泊まってしまうことがあった。

若い者にとって西田屋は気軽に行けるところではない。

だが、鬼屋の若い衆は奉行所の手伝いをするので、半左衛門からそれなりの褒美がもらえた。中には個人的に与力や同心から小遣いをもらうものもいる。

こういう習慣が、やがて目明しとか、岡っ引きという与力や同心の手下になっていく。

「幾松、近頃、時々西田屋に泊まってくるそうだな？」

「親方、すみません」

「仕事に穴を開けなければとやかくは言いたくないが、いい女には気をつけろ、小笹というそうだが、ぼちぼちにすることだ。いいな？」

「へい……」

長五郎に叱られたのは二度目だ。若頭の万蔵には事あるごとに、いい加減に小笹をあきらめろと叱られている。

「いいか幾松、小笹と夕霧は上方《かみがた》から来た西田屋の二枚看板だ。お前が逆立ちしても手に入るような女じゃねえ。百金積んでも西田屋がうんというめえ、おそらく、二百金でも首を縦《たて》に振るまいが……」

万蔵は、幾松が仕事に身が入らなくなるのを恐れている。それに女遊びで寝ていないため、屋根から落ちたというのでは目も当てられない。

大怪我をしかねないのだ。

「それが、夕霧が来てから、小笹の人気が今一つになって、年も年ですから引きたい素振りもあるんで……」

「馬鹿野郎、小笹を引くことなど無理に決まっているだろう。あれだけの女だ。大店の旦那たちが引かせるだろうよ」

「若旦那も？」

「一回だけな……」

「大店の爺なんて嫌だそうで……」

「お前、小笹にそんなことまで聞いたのか？」

「聞いたんじゃなくて、小笹がそう言ったんで、本心だと思うんですよ」

「小笹が？」

「そう、今の二枚看板は京から来た夕霧と貴船《きふね》ですよ」

「なるほど、女は入れ替わるからな……」

「どこかに売られるかもしれないって、今ならまだ高く売れそうだからって笑っていた」

「そうか、小笹は幾つになるんだ？」

「二十三。店では十八って言ってるけど……」

「もう年増《としま》だな……」

「女は老けるのが早いから……」

万蔵は小笹を抱いたことがあるだけに同情的だ。

「行きたいのか？」

「うん、会いてえなあ……」

「今回だけだぞ……」

飛んでいきたそうな幾松に銀の小粒を二つ渡した。

「深入りするなと言っても無理か？」

「もう首までどっぷりで……」

「馬鹿野郎……」

幾松がニッと笑って鬼屋を飛び出した。

「若旦那も小笹が好きなんだな……」

幾松は道々泊まるか帰るか迷っている。

いつも泊まらずに帰ろうと思うのだが、小笹が引き留めたいのに、銭がないのをわかっていて、ねだらずに我慢しているのを見ると、つい「今日は泊まるよ」と言ってしまう。

そんな幾松に小笹は何も言わずに抱きついてくる。

「いい女なんだな……」

ブツブツ言いながら西田屋に入った。この西田屋は鬼屋がやった仕事で勝手知った店だ。

「幾さん、今日もかい？」

「婆さん、小笹は？」

「お待ちかねだよ。幾さんが来ないと小笹は焦《こが》れ死にしちゃうから……」

「そういうな。こっちには懐の具合があるんだ」

「そうだねえ、辛いねえ……」

「色男、金も力もなかりけりって言うんだぜ……」

「幾さんは情があっていい男なんだが、それだけが傷だあねえ？」

「それが世の中の相場よ」

「三十若かったら女房になってあげるんだけど……」

「ありがとうよ、何も出ないぜ……」

「いつものことじゃないか」

「そうだな……」

「小笹の部屋で四半刻、待ってあげてくださいな？」

「あの爺さんか？」

「うん、小笹と訳ありなのかね？」

「引かせる気か？」

「そんなには見えないな。もう年だから、あっちはもう駄目だろう？」

「そうなのか？」

「そうだと思うよ。待つ間どうだね、いい男……」

「婆さんとか、いいよ」

「ほんとにいい男だね、幾さんは。そんなことしたら小笹に殺されるよ」

口の上手な婆さんが戻って行った。

幾松は飾り気のない部屋の中を見渡したりしていたが、手持ち無沙汰で柱を背に腕を組んで目を瞑《つむ》った。眠くなってくる。

四半刻もしないで、スーッと襖《ふすま》が開いて小笹が忍び足で入ってきた。幾松は気づいたが知らん顔で寝たふりだ。傍に座ると幾松の膝に頭を乗せて小笹が横になった。

「疲れたか?」

「うん……」

幾松が覆いかぶさって小笹の口を吸う。小笹が幾松の首に腕を回した。

「どうした?」

「うん……」

小笹が泣いている。

「好きな人がいるかって聞くの……」

「あの爺さんか?」

「うん、だから幾さんていういい人がいるって言ったら一緒になれって……」

「そうか……」

「心配するなっていうの……」

「不思議な爺さんだな」

「幾松さんは小笹を奥さんにしてくれる?」

「ああ、よろこんで女房にする。夢のような話だな。本当にそんなことがあるのか?」

「わからない。夢でもいいもの……」

「そうだな……」

二人が夢のような話をして抱き合った。そんな幸運がないことを二人はわかっている。だが、苦界《くがい》の女はみんな幸運の夢を見る。

「お酒、飲む?」

「少しな……」

「うん、行ってくる」

小笹が酒をもらいに部屋から出て行った。

「あの爺さん、どこの隠居だろう……」

幾松も小笹も老人の正体をまったくわからなかった。

小笹が酒を持って戻ってくると、幾松は小笹に銀の小粒二つを渡した。

「どうしたのこの小粒?」

「うむ、ちょっとな」

「お奉行所から?」

「そんなところからだ……」

「いいの?」

「ああ、お前に借りがあるんじゃないか?」

「借りなんてないよ……」

「そうか……」

幾松と小笹のささやかな酒盛りだ。

差しつ差されつ美味い酒を飲んでから、二人は抱き合って寝た。

「小笹……」

「幾松さん……」

二人の長い夜が始まった。

「あれは誰だ?」

「あの声は夕霧さん、気になる?」

「いや……」

小笹は寝衣を噛《か》んで声を殺す。

翌朝、幾松はまだ薄暗いうちに西田屋を出て鬼屋に走って戻る。この二人に後《きぬ》朝《ぎぬ》の別れを惜しむ暇はない。

「おう、戻ったか……」

万蔵が幾松に声をかけた。幾松が頭を掻《か》きながらニヤリと照れ笑いをする。

北町奉行所によく手伝いに行く嘉助《かすけ》、仙太郎《せんたろう》、富造《とみぞう》などは、幾松が西田屋の小笹に惚れぬいて、お足が手に入るとすぐ飛んで行くのを知っていた。

幾松がどんなに惚れ込んでも、しがない鳶《とび》がどうこうできる代物じゃない。若くはないが、夕霧や貴船と違い賢《かしこ》い女だと誰もが思っている。

自分の運命を嘆くこともなく受け入れて、苦界と言われ、先々に何の希望もない過酷な運命を生きていこうとしている。

それは苦しむためだけに生まれてきたような女に見えた。だが、そんな小笹は人にやさしく神の化身のように神々《こうごう》しかった。

西田屋の主庄司甚右衛門がそれを一番感じている。

多くの女たちを商売道具と見てきた非情な甚右衛門だが、小笹には一目置いていた。それは幾松を好きな二階の婆さんも同じだった。

幾松に小笹を引かせる力があればと思うが、その力がないからこそ、幾松と小笹は必死で愛し合っているのだと思う。

幾松はお足ができるまで西田屋に顔を出せない。

会えなければ幾松もつらいが小笹もつらい。

その頃、赤松左京之助と林倉之助が見廻りの最中、西田屋から出てくる追分の老人を発見、素早く物陰に隠れてやり過ごし、尾行を始めていた。

「捕らえましょうか？」

倉之助は飛び出しそうだが左京之助は冷静だ。

「いや、あの追分の老人は逃げただけでまだ仕事はしていない。何んの罪で捕らえる？」

「あッ、そうか。仕事をするかもしれないというだけか……」

「どんな動きをするか見張るしかない。舟月に現れたり、西田屋に現れたり、なんとも解《げ》せない爺さんだ……」

左京之助には、わざと目立つようにしているとしか思えない。

「ねぐらを確かめてから、手分けして見張るしかなかろう……」

「承知しました」

二人がつかず離れず、追分の老人を追った。ところが、西田屋から四町（約四〇〇メートル）ばかりと、そう遠くない小さな旅籠に老人が入った。日本橋界隈《かいわい》にしてはみすぼらしい旅籠だ。

その後を追うように、着流し姿の元吉が入っていった。

「様子がおかしいな。嫌《いや》に堂々としている……」

「見張っていてくれ、援軍を呼んでくる。お奉行にも相談してみよう……」

左京之助が倉之助を残して奉行所に走った。

元吉と合流したということは、仕事をするつもりなのだと思う。ということはどこかに紋蔵もいるということになる。当然、何人かの仲間がいるはずで、捕らえようとしても一人や二人では手におえない。

左京之助は奉行所に到着すると、駒井弥四郎《こまいやしろう》、大場雪之丞、木村惣兵衛《きむらそうべえ》の三人を倉之助の援軍として走らせた。

半左衛門に事情を話して、二人で勘兵衛の部屋に向かった。

勘兵衛の部屋には喜与がいるだけで、二人は冬枯れの近い庭を見ている。

「この時期の庭が一番寂しい……」

「うむ、ずいぶん寒くなったな。もう秋も終わりだ」

「ええ……」

勘兵衛と喜与の穏やかなときだが、こういう時は決まって何か持ち込まれる。

それが奉行所というところで気を抜けない。

「お奉行!」

いつものように半左衛門と左京之助が現れた。

「どうした?」

「はい、追分の老人が現れましてございます」

「また舟月か?」

「いいえ……」

「どこだ?」

「それは……」

左京之助が言いかけて喜与を見た。すると喜与がサッと立った。

「どこに現れた?」

「西田屋にございます」

「西田屋?」

「はい、店から出てくるところを見つけました」

「追分の老人は歳だと聞いていたが、ずいぶん艶っぽいところに現れたな？」

「宿は西田屋から四、五町ほどの布袋屋《ほていや》に泊まっているようです。倉之助が見張っております。元吉も現れました」

「西田屋を狙っているのか？」

「いいえ、それが妙に堂々としておりまして、客ではないかと……」

「客だと、爺さんにそんな元気があるのか？」

「あるのでは……」

勘兵衛が左京之助をじろりとにらんだ。半左衛門も左京之助を見る。そんなはずはないという顔だ。

「どこかで仕事でもするというのか？」

「はい、狙いは他に……」

「左京之助、一端《いっぱし》の盗賊が、仕事の前や後に娼家などへ入ると思うか？」

「それは……」

「半左衛門、どう思う」

「間の抜けた話かと……」

「そうよ、間の抜けた盗賊のすることだ。追分の老人はそんな男ではないぞ。わしの勘だが何か狙いがある。それも捕まることを覚悟しているのだ。そうでなければ舟月に現れたり、どこよりも目立つ娼家の西田屋などには現れまい……」

「では、お奉行の見立ては、仕事をするのではないと？」

「おそらくな……」

左京之助は納得できないようだ。

「お奉行、見張りだけは厳重にします。それとも捕らえましょうか？」

半左衛門も扱いを迷っている。江戸で仕事をした形跡がないからだ。疑いだけで捕らえることはできない。

「見張りを続け、仕事をするようなら捕らえる。江戸から出るようなら、話を聞きたいと言ってここに連れて来い。それでどうだ？」

「承知いたしました」

左京之助が納得した。

追分の清太郎と元吉のいる布袋屋は、表も裏も厳重に見張られた。

「お頭、どうも囲まれてしまったようでやす」

元吉が二階の窓から外を見て、囲まれていることに気づいた。清太郎はそれを覚悟で江戸に出てきた。

「やはり見つかっていたか、盗賊は面が割れたら仕舞《しま》いじゃな……」

「あっしも紋蔵の兄貴もお島の姉さんも、もう出歩くのは具合が悪いようで……」

「そうだな。さすがは北町の鬼勘だ。早いところ終わらせて追分に帰ろう」

「へい、江戸での仕事はあきらめるしかないようで……」

「それがいい。明日、西田屋で話をつける。逃げれば捕まるかもしれないな？」

「お頭と一緒なら……」

「寝る前に一杯やるか？」

「へえ、下へ行ってもらってきやす」

奉行所に捕まるだろうと腹を決めた二人は、酒を飲んで早々と寝てしまった。

この期に及んでじたばたする気はない。

第九章　命の恩人

朝、清太郎と元吉は、旅支度《じたく》をして布袋屋を出た。

「こう囲まれては逃げられないな？」

「ついてくるのは三人……」

「いや、この周辺に十人はいるようだ」

「そんなに……」

二人は話しながら西田屋に入った。

「御免、ご主人はおられるか？」

「へい、おりやすが……」

「二階の婆《ばあ》さんに話しておいた件だと、取り次いでもらいたい」

「承知いたしやした。お待ちを……」

男が奥に消えた。すぐ戻ってきて「どうぞ……」と二人を主人の部屋に案内した。

「主の甚右衛門です」

「追分宿の佐久屋《さくや》清太郎と申します。これは元吉にございます」

「小笹のことですか？」

「先日、婆さんにお話しした通り、ご主人の言い値で引かせていただきたいのですが？」

「何か、わけがおありのようだが？」

「いや、格別にはございません。この隠居の道楽と思っていただければまことに有難く……」

「そうですか。それでは小笹を幸せにしていただくという約束で、二百二十両でお渡しいたしましょう」

「承知いたしました。元吉……」

「はい……」

背負ってきた三百両のうちから二百二十両を甚右衛門に渡した。

「それでは小笹をいただいてまいります」

「結構です。すぐ支度をさせますので、しばらくお待ちください」

甚右衛門は婆さんに、支度をさせるよう命じ、しばらくして自ら小笹の部屋に上って行った。小笹は急いで荷物をまとめたが私物はさほどない。

生涯この苦界《くがい》から出ることがないのだから私物などいらないのだ。

「支度はできたか？」

初めて甚右衛門が小笹の部屋に入ってきた。二階の婆さんが廊下に出た。

「お元《もと》、幸せになるんだぞ」

「旦那さま……」

「ここに五十両ある。これを持って行け、万一の時に使え、二度とこの苦界に戻ってくるな」

「旦那さま……」

「ここを出て行けばわしは何もできない。いいか、戻るんじゃないぞ。お元に戻るんだ」

「はい……」

「その五十両のことは誰にも言うな。生涯使わなければそれでいい。行け……」

「旦那さま、長々とお世話になりました」

「うむ、それはこっちが言うことだ。下で隠居が待っている」

二人が部屋から出ると婆さんがついてきた。苦界から逃亡する忙しさだ。

「佐久屋さん、確かにお元をお渡しいたします。なにとぞ、よろしくお願いいたします」

「おう、有り難い。お元さん、まいりましょう」

「はい……」

三人は西田屋を出ると鬼屋に向かった。清太郎は南天《なんてん》の杖をついているが腰はシャンとしている。

「お元さん、これを背負っていなさい」

清太郎が三百両の残りをお元に背負わせた。

「おじさん……」

「約束しただろ、幾さんのところに行きなさい。これから幸せになってくださいよ」

「おじさん、お名前を……」

「わしは追分の隠居と言われているのだ……」

「追分の隠居、どこの追分ですか？」

「そんなことは知らなくてよい。さあ、ここが幾さんのいる鬼屋だ。行きなさい」

「おじさん……」

「行きなさい。幾さんがいるから……」

お元が鬼屋の店先を覗《のぞ》き込んだ。瓦《かわら》が並んでいる。鬼瓦が店の外をにらんでいた。

「おじさん……」

お元が振り返ったが、もう清太郎と元吉は消えていた。

「誰だい。店をのぞいているのは、入りなさい……」

「あッ、わ、若旦那！」

「小笹、小笹か？」

「はい……」

「どうしてこんなところにいるんだ。逃げてきたのか？」

「違います……」

お元が激しく首を振った。

「幾松か？」

「うん……」

「兎《と》に角《かく》、中に入れ、幾松ッ、幾松はいるかッ！」

「へーい、若旦那、こ、小笹か、小笹ッ！」

「幾松さん……」

「どうしたんだ？」

お元が幾松に抱きついた。

「こんなところでは駄目だッ、奥に行けッ、親父《おやじ》のところに行けッ！」

「行こう……」

「うん……」

「逃げてきたのか？」

「違う、あのお爺《じい》さんが……」

「ええッ……」

「ここまで連れてきてくれたの……」

「ちょっと待て、見てくる」

「もういない。どこかに行ってしまったから……」

二人は狐《きつね》に化かされた。

「どうする？」

「親方に……」

「そうだな。親方に相談しよう」

幾松はあまりの衝撃に狼狽《うろた》えているが、お元は落ち着いている。

「今日からお元だから……」

「お元？」

「うん、本当の名前……」

「お元……」

「幾松さん……」

「いいのか？」

「うん、いいんだよ……」

「そこにいるのは誰だッ！」

仙太郎が誰何《すいか》した。

「俺だッ！」

「兄い、あッ、こ、小笹、小笹さん……」

「仙太郎さん、こんにちは……」

「うん……」

「親方はいるか？」

「裏庭にいる……」

「裏か……」

幾松とお元が長五郎のいる裏庭に回って行った。植木屋が来て秋の庭のかたづけを話し込んでいた。

「親方……」

「何《な》んだ。ん、どこの娘さんだい？」

「西田屋の……」

「何ッ……」

「小笹さん……」

植木屋がお元を不思議そうに見る。

「中に入れ……」

長五郎は、てっきり小笹が西田屋から逃げてきたと思った。だとすれば、ただでは済まない大ごとになる。

「今日はここまでにしよう」

「へい、ではまた今度にします」

「そうしてくれ……」

長五郎は、植木屋との話を中断して座敷に戻る。幾松とお元は寄り添って正座で長五郎を待っていた。

「幾松、説明できるのか?」

「あのう……」

「お元と申します。西田屋では小笹と名乗っておりました。突然のことでご迷惑をおかけいたします」

お元がきちんと挨拶《あいさつ》した。それを幾松も聞いている。

「お元、経緯《いきさつ》を詳しく話してみろ……」

「はい、半月ほど前でしょうか、客にお年寄りの方が名指しでお上がりになりました……」

お元がここ数日の急変を話し出した。

その頃、清太郎と元吉は、神田の舟月に入ってとろろ飯を食っていた。

お文と金之助は大慌てで、親父が子どもを抱いて外に出た。そこには奉行所の赤松左京之助、林倉之助、大場雪之丞らが来て、舟月を囲んでいる。

「親父さん、中にいてください。危ないことはないですから……」

「そうですか……」

店の中では、外に誰がいるのかわかっていて、二人が食いおさめだとでもいうように、二杯、三杯と、とろろ飯を腹に流し込んだ。

「女将《おかみ》さん、美味《うま》かった。ずいぶんあちこちでとろろ汁を食ったが、ここが一番だ。もう食べに来ることもできなくなります。ありがとうさん……」

「どこか旅でございますか？」

「そう、二度と戻れない冥土《めいど》への旅だな。行こうか……」

二人は銭を置いて席を立つと、外に出た。

陽《ひ》は西に傾き出していた。

清太郎と元吉は、中山道《なかせんどう》を神田から本郷台に上がって行った。二人が本郷台の前田《まえだ》家の屋敷前まで来た時、赤松左京之助と林倉之助が先回りして道を塞《ふさ》いだ。

「追分の老人、北町奉行米津勘兵衛さまが話を聞きたいということだ。引き返してもらいましょう」

「お奉行さまが。承知いたしました」

清太郎と元吉は、何も言わず踵《きびす》を返して奉行所に向かった。

知らぬ間に、大場雪之丞や吟味方同心の野田庄次郎《のだしょうじろう》、同心の佐々木勘之助、黒井新左衛門、村上金之助らが続々と現れた。

「やはり……」

「北町は怖いな」

「はい……」

清太郎たちが奉行所に到着した時には、薄暗くなり始めていた。清太郎と元吉は砂利敷に座らされた。そこには既に、西田屋の甚右衛門と鬼屋の長五郎が呼ばれてきていた。

清太郎が二人に頭を下げた。

そこに、勘兵衛が公事場《くじば》に入ってきて主座に座った。

「三人の言葉を改めたいことがある。神妙に答えてもらいたい」

三人が返事をしない。

勘兵衛は少し考えてから、主座から縁側に出てきた。

「ならばまず、追分の親父に聞きたい。そなた武家であろう。武家ならば、この縁側に上げて言葉を改めるが……」

「お奉行さま、この隠居はそのような高いところに上がれる身分ではございません。砂利敷にてお話を伺わせていただきます」

「そうか、そなた何用あって西田屋に行った」

「はい、女を抱くためにございます」

「達者だな？」

「はい、お陰さまでもう少し生きられそうにございます」

「わしがその首をもらうと言ってもか？」

「お奉行さまであれば、よろこんでこの皺首《しわくび》を差し上げます」

「神妙である。西田屋……」

「はい……」

「そなた、追分の親父に娘を売ったな？」

「お奉行さま、今朝ほど、店の小笹という女が五十両を持って逃げましてございます」

「なるほど、その小笹という女を追ったのか？」

「いいえ、まったく行方が分からず、追うことはできません」

「追わなくてもわかるところにいるのではないのか？」

「それはどこでございましょうか？」

「西田屋、わしは誰だ？」

「北町奉行米津勘兵衛さまにございます」

「わかっているならいい。鬼屋、そなたのところに女が来なかったか？」

「まいりました」

「小笹か？」

「いいえ、お元と申します。お奉行さまもご存じの幾松の女房になる女にございます」

「幾松の女房だと……」

「はい、どこから拾ってきたものか、なかなかの美形にございます」

「鬼屋！」

「はい、失礼を申し上げました」

「なんとも手におえない頑固者たちかな、追分の親父、いい仲間を持ったな？」

「恐れ入ります」

「一人の女を三人が庇《かば》うとは、よほどいい女なのであろう。鬼屋、幾松は女房になるその女を連れて挨拶に来るな？」

「はい、よろこんでお奉行所に伺うかと思います」

何んとも食えない三人なのだ。

煮ようが焼こうが、こういう腹の座ったひねくれの連中は食えない。殺されても口を開かないだろう。

「追分の親父、舟月のとろろ汁はそんなにうまいか？」

「はい、お奉行さまも一度お試しに……」

「そうしよう。また食いに来い」

「ありがとう存じます」

「三人とも大儀であった。これからも奉行に力を貸せよ……」

「承知いたしました」

三人とも勘兵衛に平伏して、取り調べにもならない取り調べが終わった。清太郎と元吉が、鬼屋と西田屋に一礼して立ち上がり、砂利敷から出て行った。

「なかなかの人物ですな……」

「鬼屋さん、あの南天の杖は仕込みです」

「なるほど……」

鬼屋と西田屋も砂利敷から出た。

「あの隠居は真田《さなだ》の忍びかと……」

「ほう、忍び……」

「わざとあのようなお国訛《なま》りで、お奉行も気づかれたでしょう。北条に風魔《ふうま》という忍びがいました。真田の忍びのことを聞いたことがあります」

「そういえば、北条と真田の関係は名胡桃《なぐるみ》城《じょう》での争いに……」

「そうです。小田原征伐の口実になった戦いです」

「真田さまは関ケ原の後に高野山《こうやさん》へ流されたはずですが？」

「そうです。大御所さまから死を賜《たまわ》ったのですが、本多平八郎《ほんだへいはちろう》さまが助命嘆願をされて高野山に流されました」

北条家の家臣だった甚右衛門は、真田家のことも詳しい。

この時、真田昌幸《まさゆき》と信繁《のぶしげ》こと幸村《ゆきむら》は高野山の九度山《くどやま》で生きていた。健在で山を下りる時を狙っていた。

二人はそんな話をして奉行所から出た。お元のことは互いに話さなかった。

清太郎と元吉は板橋宿に急いでいる。

西田屋の甚右衛門が見抜いたように、清太郎は真田家の忍びだった。その名を筧《かけい》三郎《さぶろう》右衛門《えもん》という。

名胡桃城を北条家の家臣沼田《ぬまた》城主《じょう》猪俣邦憲《いのまたくにのり》が攻撃、謀略によって名胡桃城は落城するがこの時、三郎右衛門は、お元の父に命を助けられ、無事に真田家の本城岩櫃城《いわびつじょう》に戻れた。

関ケ原の戦いの時、真田昌幸は石田三成《いしだみつなり》に味方して、徳川秀忠軍と戦った。

真田昌幸の妻と、石田三成の妻が姉妹だった。

戦いの後、昌幸は家康から切腹を命じられたが、昌幸の嫡男信之《のぶゆき》と本多平八郎の娘お稲《いね》が結婚していた。

そのため、平八郎と信之は家康に昌幸の助命嘆願をした。その嘆願の効果があって切腹から高野山への流罪に減刑された。

この時、昌幸の流刑に従った家臣は、三百人を超えている。

流罪の身でそんなに多くの家臣を食べさせていけない。十数人だけが残って、すべての家臣が信濃《しなの》に戻ってきた。

信之の家臣になった者もいたが、多くは百姓になって、次の戦いに備えることになった。

家臣の誰もが真田昌幸の再起を信じている。

昌幸と共に大阪城に入る日が来ると思っている。その時には馳《は》せ参じて、六文銭の旗を立てる覚悟なのだ。

三郎右衛門が高野山から戻った時、お元の横谷家《よこたにけ》は不幸にも潰《つぶ》れていた。この時、命の恩人に十二、三歳ぐらいの娘がいたと聞いて、探し始めた。

横谷の娘お元が見つかった時、既に苦界に落ちていた。

このような武家の娘は数えきれないほどいる。両親が浪人ならまだいい方で、片親が亡くなり、父娘とか母娘などになるのが多かった。お元は不幸にも父母を失ったのだ。

戦いに敗れるということはそういうことである。

追分の清太郎こと筧三郎右衛門は、お元にも誰にも名を告げずに追分宿に去った。

幸運にも、観音さまのお元を手に入れた幾松は有頂天だが、そう易々《やすやす》と一緒に住めるわけではない。

他の若い衆のこともあり、お元は文左衛門の妻お滝に預けられることになった。お元が傍《そば》にいては、浮足立って鬼屋が仕事にならない。

そんな幸運な幾松が、お元を連れて奉行所に現れた。

同心たちもがジロジロお元を見る。お元は地味な着物を着ているのだが、何んとも言えない清楚《せいそ》な美人なのだ。

半左衛門が、二人を勘兵衛の部屋に連れて行った。

「おう、来たな」

「お奉行さま、お元です……」

「お元にございます」

「うむ、文左衛門から聞いた。お滝にお元を預けるそうだな？」

「はい……」

「お元はいいのか？」

「はい……」

「幾松は、お滝に奥への立ち入りを禁じられたと聞いたが？」

「そうです……」

「仕方ない幾松、色男は辛《つら》いということだ」

お元がニッと恥ずかしそうに笑った。

「お奉行……」

「何んだ」

「お元に会うだけでいいんだ。十日に一遍こっきり……」

幾松が指を一本立てて勘兵衛に願った。

「お元はどうなんだ？」

「幾松さんと同じです」

「そうか、それじゃこうしよう、五の日の五日、十五日、二十五日の三回、縁日みたいだが、朝、奉行所の門が開いたら会っていいが、仕事に遅れぬよう帰れ、守れるか？」

「はい……」

「お元は？」

「守ります」

「一度でも仕事に遅れたらこの決まりは中止にする」

「はい……」

「二人が早く一緒に住めるよう辛抱するんだぞ。それには仕事を一所懸命やることだ。長五郎がいいというまでな」

幾松がうなずいた。

お元は文左衛門の長屋で預かり、お滝の手伝いをしたり、お志乃とお登勢の手伝いやお幸の手伝いもした。お元は百三十両の大金を持っていて、喜与に預けることにした。

幾松は四日の日には早々と寝る。

翌五日、暗いうちに起きて北町奉行所の前に走ってくる。お元が門の内側で幾松を待っている。

門番が門を開けると幾松が飛び込んできた。

「お元……」

「幾松さん……」

二人は手をつないで長屋に走って行く。長屋の裏で抱き合っているが、四半刻もしないで幾松が奉行所から飛び出していく。何んとも忙しい二人だ。

第十章　神出鬼没

慶長十五年（一六一〇）正月、まだ酒の酔いも冷めない十六日、日本橋の呉服屋、美濃屋宗助の金蔵から三千両が消えた。

三千両と同時に、お珠という下女が消えていた。

時蔵一味の、左近と十兵衛の手口だった。

早朝、金蔵の異変に気付いて騒ぎ出した時、既に一味は江戸を離れ、前回よりもより警戒して東海道、甲州《こうしゅう》街道、中山道の三街道から京を目指していた。

この時蔵の一味だけは、他の盗賊とまったく繋《つな》がりがなく、手掛かりがない。

勘兵衛は、美濃屋宗助から三千両が消えたと聞いた時、すぐ頭に浮かんだのが、あの時蔵の顔だった。

三千両と、消えた金額が大きいこと、内部に女が忍び込んでいること、何の手掛かりも残さず隙間風《すきまかぜ》のように消えたこと、これらの鮮やかな手口から、鎌倉《かまくら》に追い詰めて逃げられた、時蔵ではないかと思われる。

勘兵衛は、どんな小さな手掛かりでも拾おうと考えた。

すぐ呼んだのが、直助とお駒だった。

「美濃屋のことは聞いたな？」

「はい、三千両だと六之助さまから聞きました」

「お珠という女が消えたというほかは手掛かりがない。何か聞いていないか？」

「今のところ何も……」

「お駒は？」

「何も聞いておりません」

「この一味はなぜか匂いがない。どれほどの人数なのか、どんな男が指揮しているのか、江戸に盗人宿《ぬすっとやど》があるのか、あの時蔵が江戸に出てきているとは思えないのだ……」

「お奉行さまは、この事件の犯人は例の鎌倉の時蔵一味だと？」

「うむ、そんな気がする」

「それでは小さな手掛かりを探すしか……」

「消えたお珠という女が、ただ一つの手掛かりだ。その女の正体もわからない」

「どのような手づるで美濃屋に入りましたので……」

「それが大店《おおだな》にしては迂闊《うかつ》でな。美濃屋の主人は神信心に熱心で、浅草には月に数日、遠くは成田山《なりたさん》、大山詣《おおやままい》り、一《いち》の宮氷川《みやひかわ》神社などに頻繁《ひんぱん》に出かけていたらしい。そんな時、大山詣りの帰りに、六郷の橋で旅の女が苦しんでいたのを助けたというのだ」

「その女がお珠？」

「うむ、なかなかの気の利いた女でやさしい、美濃屋の主人はその美人に惚《ほ》れたようで、身の回りの世話をさせていたということだ」

「そりゃ一味の思う壺《つぼ》だ……」

そういう手口は、盗賊の得意技なのだと直助は思う。

「その女は、時に京訛りが出るということらしい」

「京訛りが……」

「お駒、そんな女に心当たりはないか？」

「京訛りの女……」

お駒はその筋の女を六、七人は知っていたが、その中に京訛りの出る女はいなかった。

「お奉行さま、早速、あちこちを当たってまいります」

「うむ、そうしてくれ、ところでお駒、お前の長屋はまだ新しいそうだな？」

「はい、まだ四、五年ぐらいと聞いております」

「奥州屋庄兵衛の家作だな？」

「そうでございます」

「その長屋に空き家はないか？」

「今のところ空いているところはございませんが……」

「そうか、空きそうなら知らせてくれ……」

「承知いたしました」

勘兵衛は、幾松とお元の住む長屋に、お駒がいる庄兵衛長屋がいいと思ったのだ。直助は、誰が住むのだろうと思ったが聞かなかった。

二人は奉行所を出ると上野不忍に向かい、直助は商人宿《あきんどやど》に戻り、お駒は正蔵とお民の蕎麦屋《そばや》に寄った。

「お民さん、京訛りの出る女を知らない？」

「お奉行所か？」

正蔵が聞いた。

「日本橋美濃屋のこと聞いた?」

「聞いた。三千両だって……」

「ほう、それは半端な賊の手口ではないな」

「うん、ただ一つの手掛かりが、京訛りの出るお珠という女なの……」

「京訛りの女……」

お民が考え込んだ。正蔵にもそんな女の心当たりはない。

「蕎麦餅《もち》、食うか?」

「たまり汁の焼き餅?」

「そうだ……」

「もらおうかな。癖になりそう……」

たまり醬油《じょうゆ》の香りと味が蕎麦餅に合って、癖になりそうだとお駒は思う。

「お駒ちゃん、京訛りの女はいないな……」

「そう、お民さんが知らないということは、やはり上方から来た女だね?」

「だろうね。それもなかなかの腕……」

「何か気づいたら教えて……」

お民とお駒は姉妹のように仲がいい。

「お千代さんはどうだろう？」

「お駒ちゃん、お千代ちゃんにはあまり近づかない方がいい。和三郎のこともあるからね……」

「そうか……」

お駒が納得した。こっちから近づくことはないということだと理解した。盗賊の世界に縄張りはないが、あちこちと人の交流はある。

「熱いうちに食べな……」

「うん、この香りが癖になるんだな……」

お駒は蕎麦の焼き餅が大好きだ。

その頃直助は、お繁に京訛りの女のことを聞いていた。七郎とお繁たちは、中山道の下諏訪《しもすわ》辺りから京に近い近江《おうみ》の湖東辺りまで仕事場にしていた。

だが、お繁にも京訛りの女の心当たりはない。

時蔵一味はどこの盗賊とも接触を持たず、独特の組織を作っているから、どこにも痕跡を残さない。

迂闊にも時蔵が笠《かさ》をかぶって江戸に入ったことで浮かんできた一味で、あの事件がなければ、今でも何が何んだかわからなかったはずだ。

勘兵衛は手掛かりをつかむため、急に消えた者たちがいないか、同心総出で聞き込みをさせることにした。

与力たちは三人一組で、東海道、甲州街道、中山道に散って行った。

鬼屋の幾松たちも動員された。

「お元……」

「幾松さん……」

「こらあッ、そこの二人ッ、仕事が先だぞッ！」

与力の青田孫四郎にひどく叱られる。

「しっかり……」

「うん、行ってくる……」

顔を見ると、どうにもならない二人なのだ。

「幾松、いい加減にしないとお奉行に叱られるぞ……」

一緒に組む同心の沢村六兵衛が注意する。

「お元はいい女だから仕方ないが、お奉行と鬼屋の許しが出て一緒になれるまで我慢することが大切だぞ」

「旦那、お元は大丈夫でしょうか？」

「何が?」

「誰かに取られるような……」

「それはお前がしっかりしないとそうなるかもしれない。お元は誰からも好かれるいい女だからな」

「そんな……」

「いいか幾松、お元は間違いなくお前に惚れている。心配するな。お奉行との約束をきちっと守ることだ。三の日だったか?」

「五の日です」

「お元観音の縁日だな」

「旦那はいいことというな……」

「馬鹿野郎、お前のことじゃねえか!」

二人一組の聞き込みが、江戸城の東、町家の広がる町に散って行った。

江戸城はおもしろい城で、東側は石垣が積まれているが、城の西側は土塁とはっきり分かれている。

それは、江戸城の築城された場所に理由がある。

武蔵野《むさしの》台地が海に突き出した海岸に江戸城はあり、東の海側が低く、西の山側が高くなっている地形だった。そこで、低い東側は石垣で高くした。

それは城を囲む堀の水位でわかる。

通常、城を囲む水位は堀と堀がつながっていて、水位は同じ場合が多いのだが、江戸城は東と西の堀の水位が数尺違う。

それは、江戸城が台地の先端に築城されたため、東の町家が広がる下町と、城の西に広がる武家の山の手の違いが、堀の水位に現れていたからだ。

西側の堀の水面が深く、堀に落ちたら土塁でも城の塀まで登れない。そのような急な土塁であれば、石垣が必要なかった。

江戸城は平城だが、山城にも似た一面を持っている。

本郷台から麻布台まで広がる山側は、神田から品川に広がる海側より、十間以上相当に高くなっていた。

事件は、辻斬りなどを除いて、海側の下町に多く発生した。それだけ下町の活気が凄《すさ》まじいという証明にもなる。

武家の屋敷が多い山の手は静かなものだった。

滾々《こんこん》と清水が湧き、小川が流れ、武蔵野の雑木林や田畑が広がっていた。混雑した下町と違い、広々と百姓家が点在していた。

武家の屋敷では、盗賊には入られても、盗賊に入られたとか金を取られたとは言わない。油断をしていたということで、外には恥ずかしくて言えないことなのだ。

その代わり、捕まったりすると、盗賊は人知れず密《ひそ》かに処分された。

武家地以外の下町を虱潰《しらみ》しに調べるのだから気が遠くなる。

だが、この作戦は無駄ではなかった。

急に姿を消した者となるとそう数は多くない。怪しいと思える者が何人かいるが、聞き込みで素性のわかるのは浪人などが多い。

問題は素性のわからない者だ。

その中に、彫金師の直蔵《なおぞう》や白粉《おしろい》売りの万太などが含まれていた。

お駒は、豊島《としま》村の鬼子母神《きしもじん》のあたりまで行き、京訛りの女が、一年以上前に急にいなくなったことをつきとめた。

ところが、素性のわからない者は近所との付き合いも薄く、消える前の足跡も、消えた後もどこに行ったのか足跡がない。

お駒が、鬼子母神のお珠の痕跡を徹底的に調べたがわからない。同心の林倉之助と朝比奈市兵衛が支援に入ったが、見事なほど痕跡がなかった。

勘兵衛は、どこかに尻尾が見えているはずだと思うが、奉行所の探索をあざ笑うように何も残っていない。

「半左衛門、鬼子母神にも手掛かりはないか？」

「はい、折角、お駒が拾ってきた手掛かりですが先が見えません。倉之助と市兵衛が探索に向かいましたが、手掛かりになるようなものは見つかりませんでした」

「他に目ぼしいのはないか？」

「白粉売りの万太と彫金師の直蔵ですが、すべてを放り投げて身一つで消えております」

「時蔵の一味に間違いないな？」

「そのように思います。何年も住んでいるのに、神隠しにでもあったように消えました……」

「神隠しか……」

「お奉行、時蔵の一味は武家のような気がするのですが？」

「うむ、わしもそれは考えてみた。時蔵は剣を使うからな。それにしても前回と合わせると五千両を超えている。大きな仕事だ。何か目的があるのか……」

「目的？」

「子分が百人も二百人もいるわけじゃないだろう。なぜそんなに銭がいるのだ。このぶんだと、時蔵はまだ二、三回はやるつもりだ。もっとかもしれないな」

「江戸の大店が総なめに、その目的とは何んでしょうか？」

「大御所さまへの恨み……」

「お奉行……」

「ここだけの話だが、最初はわしへの恨みかとも考えた。だが、五千両は多すぎる。おそらく江戸だけでなく駿府、京、伏見《ふしみ》、大阪などでもやっていれば万両になる」

「万両……」

「何に使うかだ。ただ小判を集めているわけではあるまい？」

「お奉行は何んのためだと？」

「半左衛門、それは口にできない。口に出してはならぬことだ……」

勘兵衛にはだいぶ前から気になっていることがあった。

「お奉行、もしや？」

「口にはできないが、これまで何度か噂《うわさ》になったことがある」

勘兵衛と半左衛門が思い当たったのは、大御所暗殺だった。

家康は絶えず命を狙われてきた。

信長にも秀吉にも狙われたが、生き延びてきた。

慶長四年（一五九九）の前田利長《としなが》、浅野《あさの》長政《ながまさ》、大野《おおの》治長《はるなが》らの暗殺計画、真偽は定かではないが、そんな噂が絶えないのも家康だからである。

時蔵がそんな大それたことを考えているとは思いたくないが、あり得ない話ではない。

美濃屋に入った盗賊の探索は、三日で打ち切りにした。

各街道に散った与力たちも奉行所に戻ってきた。鎌倉にも立ち寄ったが、手掛かりになるようなものは何もない。

勘兵衛は美濃屋宗助から消えた三千両は、時蔵一味が持って行ったと確信した。

神出鬼没、事件の前も後も静かに現れて静かに消える。

手の打ちようがなかった。だが、勘兵衛は消えた一味を追うと決めていた。時蔵の顔がわかっている以上あきらめられない。

勘兵衛は半左衛門を呼び、与力を京に派遣すると言い渡した。

「京訛りの女を使うところをみると、時蔵は京の周辺にいる。まさか上方まで追ってくるとは思っていまい」

「はい、安心しているかと……」

「そこが狙いだ」

「わかりました……」

「京に行く与力二人を選んでもらいたい。内与力から文左衛門を行かせる」

「それでは青田孫四郎と倉田甚四郎でどうでしょうか？」

「青田と倉田か、いいだろう」

「明日の朝に？」

「うむ、そうしてくれ……」

すぐ文左衛門が呼ばれ、京まで行って時蔵一味の尻尾をつかんでくるよう命じられた。難しい仕事になることは見えている。

もちろん徒労に終わることも考えられた。

お滝とお元は突然忙しくなった。何日かかるかわからない京への旅である。馬で行くとはいえ、多くの荷物は持って行けない。

「荷物は少ない方がいいぞ」

「はい……」

返事はしたが、お滝は何もわかっていない。そんなお滝とは違い、苦労人のお元は文左衛門の下着まで準備する。

お滝は文左衛門がいなくなるのが心配なのだ。

「いつ頃帰れるの？」

「そうだな、ひと月半からふた月ぐらいはかかる……」

「そんなに……」

「京だからな。往復だけで歩いて行けば一か月だ。馬でもそう急ぐことはできない」

「早く帰ってきて？」

「ん……」

「寂しいから……」

「お元がいるではないか？」

「そうだけど……」

行く前から早く帰ってきてもらいたいお滝だ。文左衛門が好きで、結婚してから離れたことがない。お滝は文左衛門がいつも傍にいるものと思ってきた。

それが突然いなくなるのだから大ごとだが、お滝がねだっても仕事ではどうにもならない。

翌朝、まだ暗いうちに三騎が奉行所を出た。

第十一章　鳥辺野《とりべの》

江戸北町奉行所の与力三騎が京に向かった。

この前の年、その京の朝廷で大きな事件があった。

京の公家《くげ》の中に、山科家《やましなけ》の分家で猪熊家《いのくまけ》というのがあり、そこに光源氏《ひかるげんじ》や在原業平《ありわらのなりひら》にもたとえられ、天下無双の美男子といわれる猪熊教利《のりとし》という男がいた。傾奇者《かぶきもの》で女癖が悪く、人妻や宮中の女官にも手を出す。乱行随一などといわれていた。

慶長十二年（一六〇七）二月に、女官との密通が発覚、後陽成《ごようぜい》天皇が怒って猪熊教利は勅勘《ちょっかん》を蒙《こうむ》った。京から追放処分にされた。

ところがこの猪熊は質《たち》の良くない男で、密かに京に戻ると、仲間の公家を誘って不義密通を重ねた。その公家の乱れは、天皇の知らないところでひどかった。

禁裏の奥にまで及んでいて、慶長十四年（一六〇九）七月、遂《つい》に天皇の耳に達した。露見しないはずがなかった。

天皇の逆鱗《げきりん》に触れた。

悪い奴《やつ》ほど逃げるのが速い。猪熊はいち早く九州に逃げる。追われたら朝鮮に逃げようとしていた。

公家の法に死刑はなかったが、激怒した後陽成天皇は、乱行に加わった者を全員死刑にするよう命じた。この事態に家康が介入した。

この年、六千六百石に加増された京の所司代板倉勝重《いたくらかつしげ》が調査にあたる。すると、この事件にかかわった公家が、思いの外、多い人数であることがわかる。全員を死刑にすれば大混乱になりかねない。

九月に、日向《ひゅうが》に隠れていた猪熊教利が捕縛されて京に護送された。

家康は板倉勝重に命じて、混乱しない処分案を作らせ、天皇の了承を取った。家康の力は既に朝廷をも動かすまでになっている。

天皇は不満だったが、家康に抗《あらが》う力はなく温《ぬる》い処分案を飲むしかなかった。

板倉勝重から処分されるのは公家八人、女官五人、地下《じげ》一人の十四人にとどまるということだった。

そのうち死罪にされたのは、猪熊教利と医師の兼康備後《かねやすびんご》の二人、流罪《るざい》は公家が五人に女官が五人、公家は硫黄島《いおうじま》、隠岐《おき》の島、蝦夷松前《えぞまつまえ》、伊豆《いず》など、女官は五人とも伊豆新島《にいじま》に流されることになった。

公家二人は赦免《しゃめん》された。

全員死刑を主張した天皇は大いに不満で、天皇は譲位を望んだが、家康が納得せず実現しなかった。

この大事件によって、幕府は禁中並《きんちゅうならびに》公家諸法度《くげしょはっと》を制定することになる。

北町奉行所の三騎は、京に入ると所司代に向かい、京都所司代の板倉勝重に面会を願い出た。勝重は北町奉行所の与力と聞いて怪訝《けげん》に思ったが、板倉勝重は勘兵衛と同じ三河の生まれで、家康の譜代の家臣だ。勘兵衛をよく知っている。

勘兵衛より勝重は十八歳年上だった。次男に生まれ寺に入れられたが、還俗《げんぞく》して家康の家臣になった苦労人である。なかなかの人物で家康に信頼されている。

「北町奉行の与力か、米津勘兵衛の与力だな。すぐ通せ！」

勝重は、江戸町奉行の米津勘兵衛が何用かとすぐ会うことにした。

実は、家康が秀吉によって関東に移封された天正《てんしょう》十八年（一五九〇）に、勝重は武蔵新座《むさしにいざ》、豊島に千石を知行し、江戸町奉行になったことがある。

家康が江戸町奉行を重要に考えていることを知っていた。

与力三人が勝重の前に現れた。

「大儀、勘兵衛殿は達者か？」

「はッ、日々忙しく元気にしております」

「そうか、それは何よりだ。まず用向きを聞こうか？」

「はい……」

彦野文左衛門が勘兵衛の書状を出して、傍らの勝重の家臣に手渡した。勝重はおおよその見当はついている。

勘兵衛の書状を一読してから脇に置いた。

「この時蔵の顔をそなたたちは見ているのだな？」

「はい……」

「鎌倉の八幡宮で斬り合いになったということは、時蔵が武家だということに間違いないだろうな？」

「はい、戦場往来の武将と見ております」

「なるほど、房之助《ふさのすけ》、三人の世話をしてくれ……」

「承知いたしました」

勝重が家臣に三人の案内を命じた。

文左衛門たち三人は京には来たことがなく不案内である。闇雲《やみくも》に歩き回れば京見物になってしまう。

「この長谷川《はせがわ》房之助に何んでも相談するように。所司代の支援が必要な事態になれば、すぐ対応する！」

「ご配慮をいただき、恐れ入りまする！」

所司代板倉勝重が、快く北町奉行所の三人を受け入れた。

京の所司代は二条城《にじょうじょう》の北側、堀川丸太町《ほりかわまるたまち》の辻から、西に半町（約五四・五メートル）ほどのところにあり、板倉屋敷は隣接していた。

その敷地内に長谷川房之助の役宅があった。

三人は町家の旅籠《はたご》を宿所にしようと思っていたが、房之助は独り身で、遠慮なく泊まってほしいという。それは願ってもないことだった。

探索が長引くようであれば旅籠に移ろうと思う。どう考えてもそう簡単に終わる仕事ではない。

大体が、京に時蔵がいるとは限らない。

美濃屋宗助にいたお珠という女が、京訛りの女だったというに過ぎないのだから、雲をつかむような話なのだ。

「彦野殿、その京訛りの女に何か特徴はござらぬか？」

「それがなかなかの美人という以外、これといって変わったところはないのです」

「京の女はみな京訛りですからな、それだけでは……」

「確かに。ここ数年の間に千両以上消えた事件はありませんか？」

「千両以上？」

「はい、時蔵一味は仕掛けからみて、小さな仕事はしないように思われます」

「なるほど……」

「用意周到に大きく仕掛けて確実に大金を奪う、それが時蔵一味の手口のように思います」

「千両以上の大金のあるところは商家と寺社だな……」

長谷川房之助は、そんな事件があったか考えるが、千両以上もの大金が消えた話は聞いたことがない。

夜になって辻々に出る強盗の話は多いが、文左衛門が言うような事件は聞いたことがなかった。

「京や伏見では聞いたことがないですな……」

「大阪や堺《さかい》ではどうでしょう?」

京の所司代の最大の使命は二つ、一つは朝廷の動きを見張ること、もう一つが大阪城の動きを見張ることなのだ。

「大阪と堺か……」

房之助が思い出したのは、風という盗賊だった。

「大阪で千五百両、堺で千八百両と千二百両が消えた事件があった。だがこれは、風と名乗る一味で、風右衛門という男の仕事だとわかっている。まだ捕まってはいないがな……」

「風ですか?」

「うむ、この風の一味は人を殺したこともある。時蔵の一味とは違う。仕事が荒っぽい。それに風右衛門は相当な老人だと聞いた。時蔵のように若くない」

文左衛門と孫四郎、甚四郎の三人は、京にも時蔵の足跡はないのかと思った。あのような大仕事をしながら、どこにも足跡を残さない。

そんなことがあるかと文左衛門は信じられない。

時蔵は顔を知られるという大きな失敗を犯している。どこかに同じような一味の痕跡があるはずだと思う。

「どうです、探索は明日からにして、今日はどこか見物に行きませんか、見たいところがあればお連れいたしますが？」

「青田殿？」

「京に来てお参りするところはやはり清水寺《きよみずでら》か……」

「倉田殿は？」

「それがしも清水寺でしょうか……」

三人とも清水寺しか知らないようだ。そんな口ぶりだ。

「長谷川殿、ここから清水寺は遠いですか？」

「いやそうでもありません。東山《ひがしやま》ですから……」

京は盆地で江戸のように広くはない。天子の都として碁盤《ごばん》の目のように作られた。城下のように、戦さ用には作られていない。従って、京は奪いやすく守り難いと言われてきた。そんなこともあってか、京を奪う戦いはいつも激しかった。

応仁《おうにん》の大乱などは、細川《ほそかわ》軍と山名《やまな》軍が、この狭い京に三十万を超える兵を集めて、十年もの間、双方が一歩も引かずに戦ったのだから、焼け野原になって当然だ。

清水寺も大乱の戦火に見舞われ焼失した。それ以外でも清水寺は何度も焼失したが、その度ごとに復活する不思議な寺だ。

京の東山の一角、鳥辺野《とりべの》に清水寺はある。

北の蓮台野《れんだいの》、西の化野《あだしの》、東の鳥辺野は京の三大墳墓の地である。

千年の王城の地には、それに相応《ふさわ》しい多くの寺や墓地が必要だ。数多《あまた》の人々が生まれ、すべての人が死んでいく。京は六道四生《ろくどうししょう》、輪廻転生《りんねてんしょう》の地であり、六道の辻は黄泉《よみ》の国とつながっている地でもある。

鳥辺野は鳥葬の地であった。

身分のない者は、木に死体を吊《つ》るして鳥葬にする。鳥辺野の鳥は鳥葬の鳥である。その鳥は烏《からす》であろうか。

四人は、二条から南に五条まで下って、辻を東に曲がった。

東山に入り、五条坂の辻から細い清水道を上って行くと、清水寺がある。この道は鳥辺野の道で、清水寺の参道ではない。

法観寺《ほうかんじ》の八坂《やさか》の塔を経て、二寧坂《にねいざか》、産寧坂《さんねいざか》を上ってくるのが清水寺への参道だった。

五条の辻からの清水道が整備されるのは後年である。

細い道を房之助が先頭で、四人が一列になって上って行った。左側には広大な鳥辺野の墓地が広がっている。

そこへ上から武家が下りてきた。

その武家を見て、房之助の後ろにいた文左衛門は太刀を抜きそうになった。立ち止まった武家と文左衛門の目が合った。

文左衛門の殺気が武家に乗り移ったのか、狭い清水道ですれ違わずに武家が鳥辺野に逃げた。

「時蔵ッ！」

叫んだ文左衛門が鳥辺野に追って行った。慌てて房之助と孫四郎、甚四郎の三人も鳥辺野に飛び込んだ。あちこちの枯れた木の枝に死体が吊るされている。

鳥辺野は急な斜面の墓地が一町（約一〇九メートル）以上も北と西に広がっていた。枯れた草むらの間を時蔵が逃げる。それを文左衛門が追った。

その後から三人が走って行く。

時蔵は急な斜面を横に走っていくが、文左衛門は追いつけなかった。

不意を突かれた時蔵は、咄嗟《とっさ》に鳥辺野に逃げ込んだ。鳥が黒い群れになってバタバタと飛び立って逃げる。

木の枝に吊るされた死体が揺れる。

鳥辺野の木に吊るしてもらえる死体は幸せだ。賀茂川《かもがわ》や桂川《かつらがわ》に蹴飛ばされて流されることもある。この頃は少しずつ荼毘《だび》にふすようにもなってきた。

陽が陰ってきた鳥辺野を時蔵は北に走っている。

房之助は、時蔵が二寧坂の方に逃げ、四条《しじょう》辺りの東大路《ひがしおおじ》に出ようとしていると考え、一気に鳥辺野を下って東大路を四条、三条《さんじょう》に先回りしようとした。

三人は京のことはわからない。

時蔵を見失わないように追うしかないが、鳥辺野は急斜面で、あまりに足場が悪かった。

荼毘の煙が山の下から幾筋も斜面を上ってくる。

「甚四郎ッ、長谷川殿を追えッ！」

孫四郎が走りながら叫んだ。

「承知！」

房之助は斜面を尻で滑《すべ》りながら落ちて行った。その後を、同じように尻で滑りながら甚四郎が続いた。

転げ落ちそうな急斜面が鳥辺野だ。

灌木《かんぼく》の林の中に逃げられたら追うのが難しくなる。時蔵が逃げる。その後ろ

七、八間（約一三〜一四メートル）を文左衛門が追い、その後ろ五、六間（約九〜一一メートル）を孫四郎が追った。
その孫四郎が盛り土に足を引っかけて転ぶと二、三間（約四〜五メートル）も転げ落ちた。ずり落ちそうになって木の根をつかんだ。

文左衛門一人で時蔵を追うことになった。だが、時蔵は足が速い。鳥辺野の端まで逃げると、林に飛び込んで姿を消した。

文左衛門は同じ小道に飛び込んだが、時蔵の姿はもうない。それでも文左衛門はあきらめずに追った。

産寧坂、二寧坂に出て、八坂の塔から高台寺《こうだいじ》に向かった。

遂に、時蔵がどこに行ったかわからなくなった。

逃げられた。

だがこの時、時蔵は文左衛門のすぐ傍にいた。

時蔵は高台寺の前まで走ってくると、後ろに文左衛門がいないのを確認して、近くの百姓家に飛び込んだ。そこには小雪とお園が暮らしている。

「伊織ッ……」

「シッ！」

時蔵が小雪を制した。伊織を愛している小雪は、お園と炉端《ろばた》にいて夕餉《ゆうげ》の支度をしていた。

「江戸の奉行所の者に追われました！」

「江戸？」

一瞬、緊張が走る。

「お園、わしは堺に逃げる。姫を頼む……」

「伊織、ここに隠れていればいい……」

「所司代が動くかもしれません。ここに来るかもしれないので、いざという時は高台寺へ行ってください……」

「もう行くのか？」

「すぐ暗くなります。京を出れば一安心です……」

「いつ戻るのか？」

「半年ほどは戻れないかと……」

「そんなに……」

「姫さま、伊織さまは江戸の者に顔を見られております。江戸から京まで探しに来ているということです。油断できません……」

「左近と十兵衛が戻ったら堺に来るように伝えてくれ……」

「承知しました」

この時、文左衛門は高台寺の前を北に歩いていた。時蔵と五間も離れていない。房之助と甚四郎は東大路を北に歩いている。

斜面を転げ落ちそうになった青田孫四郎は鳥辺野を出たが、どこに行けばいいのかわからず道に迷っていた。

先回りした房之助と甚四郎は、東山三条の辻で文左衛門とうまく合流した。辺りには夕闇が下りてきている。

「逃げられたようだ。時蔵は逃げ足が速い……」

「京の道は入り組んでいます。碁盤の目というが、東山は違うから追うのは難しい……」

「青田さんは？」

甚四郎が気づいたように言った。

「追って来ていたようだが……」

「道に迷ったかな？」

「鳥辺野で転げ落ちたりしていないでしょうか？」

中？」


房之助が心配する。

文左衛門は時蔵を追うのに必死で、孫四郎は追って来ているものと思っていた。今も時蔵のことで頭がいっぱいだ。

「時蔵があの道を下りてきたということは、清水寺を参拝してどこかに帰る途中？」


「それともあの辺りに隠れ家がある……」

甚四郎は、何んであんな細い道に時蔵がいたのだと、不思議でならない。偶然とはいえ、天の配剤《はいざい》がなければあり得ないことだと思う。

「あの道を使うとは、周辺に相当詳しいといえるな」

房之助も、清水寺や鳥辺野周辺に時蔵一味の隠れ家があるとにらんだ。

「こう暗くなっては追うのは難しいでしょう。一旦もどりますか？」

所司代に戻りたいのが房之助だ。

「時蔵はまだこの辺りにいるように思うのだが？」

文左衛門は、時蔵が近くにいるような気がしている。

「鳥辺野に戻りますか？」

「あの墓地に……」

「隠れ家はあの周辺でしょう」

「探せますか？」

　甚四郎は気持ちの悪い場所だと思う。房之助も、鳥辺野には鬼火《おにび》が燃えるとか、青火《あおび》が浮き上がるとか、幽霊火が出るなどと聞いていた。夜になると近寄る人はいない。

　いつも、多くの死体が木に吊るされているのだから、昼でもそう人が近づくところではない。

　三人が話しているところに青田孫四郎が現れた。

「逃げられたようです……」

「そうか、あの墓地はひどいところだ。転げ落ちそうだった」

　言い訳するように孫四郎が言う。

　その頃、暗くなったのを見計らって、時蔵が小雪の百姓家を出た。時蔵の動きは素早い。辺りを警戒して東大路に出ると、大急ぎで南に歩き出した。九条《くじょう》に出て伏見に向かう。

　四人は東山三条の辻で動けなくなった。

　そのうち真っ暗になって東山に月が上ってきた。

こうなっては、文左衛門も時蔵に逃げられたことを認めるしかない。これまでの時蔵の逃げ方を見れば、すぐにも京から出ると考えられる。

京には七口といって、出入りできる道が七か所あった。すぐ所司代が手配しても間に合わないだろう。

「戻りましょう……」

「明日から清水寺と鳥辺野周辺を探索しよう。何か手掛かりを拾えるかもしれない。千載一遇の機会だったが場所が悪すぎた」

突然のことで、孫四郎はあの斜面を転げ落ちて大怪我《けが》をするところだった。

四人は三条を堀川通りまで戻ってきて北に向かい、丸太町通りを左に折れて所司代に戻ってきた。

房之助は夕餉が終わってくつろいでいる板倉勝重の前に出て、突然、時蔵と出会った事件を詳しく話した。

「鳥辺野か？」

「はい、明日から周辺を探索いたします」

「もう、逃げたであろう？」

「はい、おそらく京から出たものと思われます。ただ、あの辺りに隠れ家があれば、何か手掛かりになるものがあるかと思います……」

「相分かった。あのものたちが江戸に帰ることになったら知らせてくれ、北町奉行に書状を書く……」

「畏《かしこ》まりました」

翌日、暗いうちに起きて四人は清水寺に向かった。

東山の探索は三日、五日と続いたが、一味の隠れ家はもちろん、時蔵の足跡一つ見つからなかった。

小雪の百姓家も探索の対象になったが、高台寺の縁者であるとお園が申し立てたので、探索から外された。

高台寺は秀吉の正室北政所ことお寧《ね》が、秀吉の冥福を祈るために建立した寺院で、お寧が落飾《らくしょく》して高台院湖月心尼《こげつしんに》となっている。

高台院は大阪城から高台寺に移って健在だった。

この高台寺は家康も支援して建立された寺で、所司代といえども手出しのできない特別な寺院なのだ。その縁者となれば触ることはできない。

第十二章　奉行の出動

江戸北町奉行所の三人の与力は話し合って無念だが撤退をすると決めた。

伏見や大阪、堺を調べることも考えられたが、一度逃がしてしまえば、時蔵は再び追えるような間抜けではない。

「千載一遇、優曇華《うどんげ》の花だったが残念であったな」

「はッ、面目ない油断にございます」

「文左衛門といったな？」

「はい……」

「そう、自分を責めるな。そなたが必死で追えば、追われている時蔵はその何倍かの必死さで逃げるのだからな」

「はッ、仰せの通りにございます」

「房之助から江戸に帰ると聞いたが？」

「はい、所司代さまには格別なるご配慮を賜《たまわ》り、感謝の言葉も見つかりません」

「うむ、気をつけて帰れ、これは余から勘兵衛殿への書状だ」

「はッ、お預かりいたします」

「房之助！」

「はい！」

房之助が立って行き、勝重の近習《きんじゅ》と酒を運んできた。

「別れの一献だ」

「はッ、有り難く頂戴いたします」

「余も江戸町奉行を務めたが、大御所さまが関東に入られて間もなくでな、江戸はまだ小さかったが、今は天下普請も行われ何倍か大きくなった。江戸はまだまだ大きくなる。将軍さまがおられる江戸は国の中心だ。ご苦労であると伝えてもらいたい」

「はい、畏まりましてございます」

三人は京都所司代板倉勝重に感謝し京を後にした。

既《すんで》の所で時蔵を取り逃がしたことは無念至極だが、あまりに予期しない出会いだった。文左衛門は己れを未熟だと思う。一瞬にして太刀を抜き、時蔵に襲い掛かるべきだった。

その一瞬の間合いを詰められなかった。

鹿島新当流の剣客としては、未熟以外の何物でもない。

あの時、前にいた房之助が邪魔になったことは事実だが、時蔵が斬れる間合いにいたことも事実なのだ。殺気ばかりが先走って体が動かず躊躇《ちゅうちょ》した。

藤九郎の居合なら斬っていただろうと思う。わずか一間ほどの間合いを詰められなかった悔しさが文左衛門に残った。

長谷川房之助が三人を瀬田《せた》の唐橋《からはし》まで見送ってくれた。

「長谷川殿、たいへん厄介《やっかい》になり申した。江戸に出てくる機会がありましたら、是非ともお立ち寄り願いたい……」

「お気遣いかたじけなく存じます。殿のお供で江戸にまいることもあるでしょう。その時にはお伺いいたします」

「お待ちしております」

三人は親切な長谷川房之助に感謝して瀬田の唐橋で別れた。

文左衛門の気持ちは愛妻お滝のもとに飛んだ。

一か月半にも及ぶ長い旅になった。お滝には分不相応だが珊瑚玉《さんごだま》の高価な簪《かんざし》を買った。奉行には南蛮渡りの煙草《たばこ》を買った。奉行の奥方には香を買い、お幸には扇《おうぎ》を奮発した。酒を飲まない半左衛門には、大喜びしそうな南蛮のコンフエイトウを買った。

大きな散財になったが、時蔵を逃がしてしまったのだから、物見遊山《ものみゆさん》に行ったのかと叱られるのを覚悟だ。

長野半左衛門の苦虫《にがむし》を噛《か》み潰したような顔だけは見たくない。三人は高価だがコンフエイトウぐらいなら仕方ないと銭を出し合った。

この時、時蔵一味の次の仕事は、大御所家康のお膝元、駿府城下に小頭・三保《みほ》の直次郎《なおじろう》が入って仕掛けが進められていた。

そんなことが起きているとも知らず、三人は馬を飛ばして府中《ふちゅう》宿に入ると一晩泊まって、翌朝には駿府城下を後に江戸に急いでいた。

江戸の奉行所は相変わらず現れる辻斬りや、素性のわからない浪人、人足が暴れたり、引っ切り無しに起きる事件や訴えに振り回されていた。

なかでも麻布台の伊達《だて》屋敷の傍に出る胴抜きの剣を使う辻斬りと、いつものように番町《ばんちょう》に出るのだが、変わった剣で心の臓に突きを入れる辻斬りは厄介だった。

この辻斬り事件は、剣客の与力青田孫四郎と倉田甚四郎が京に派遣されているため、内与力の剣客青木藤九郎が指揮を執っていた。

麻布台には藤九郎、本宮長兵衛、松野喜平次《まつのきへいじ》が当たり、番町には木村惣兵衛、林倉之助、朝比奈市兵衛の剣士たちが当たっている。

この頃、旗本の次男、三男が町場に出て、町人や浪人に乱暴する事件が出始めていた。そんな無頼の輩《やから》に喧嘩を仕掛ける三五郎《さんごろう》という馬借《ばしゃく》がいた。

乱暴者の三五郎には結城八郎右衛門、村上金之助、黒井新左衛門が当たっている。

質の悪い者の探索には与力の赤松左京之助、柘植久左衛門《つげきゅうざえもん》に、丹羽忠左衛門、駒井弥四郎などの同心たちが当たった。

この頃、江戸には無宿《むしゅく》と呼ばれる者たちが集まってきていた。

農村からはみ出した暴れ者や落ちこぼれといわれる半端者で、権力から保護や救済を一切拒否された者たちである。

銭さえあれば何んとか生きられる江戸に出てきた者たちだ。

日雇いの仕事などができればいい方で、強請《ゆす》りたかりや博打《ばくち》などをしながら、その日暮らしをしている質の良くない者たちだった。

やがて博徒《ばくと》とかやくざという組織を作るようになる。

こういう無宿が罪を犯せば、捕縛して佐渡《さど》の金山に送ることになっている。後年、江戸の石川島《いしかわじま》に人足寄場を作って収容するが、無宿は増えることはあっても減ることはない。

そんな無宿の見廻りに中村忠吾《なかむらちゅうご》、斎藤一之進《さいとういちのしん》に、佐久間八右衛門《さくまはちえもん》、沢村六兵衛《さわむらろくべえ》ら多くの同心が当たっている。

忠吾と一之進は、無宿者の集まるところを調べ上げるのが上手い。寺だったり百姓家だったり、町場から一、二町離れ、盛り場に出入りしやすいところに巣を作る。

強請りたかりだけでなく盗賊の真似《まね》もするが、所詮《しょせん》ものぐさで、博打などに興じるのが好きな連中だ。

そんな巣を見つけると、内偵して半左衛門に報告、同心や捕り方など三十人以上を連れて、捕り物に出ない半左衛門が出動することがあった。

奉行所に連れてこられると、吟味方の秋本彦三郎が容赦しない。

石抱き、木馬など白状するまで絞り上げる。

無宿はみな、叩《たた》けば埃《ほこり》の出る者ばかりで、石を抱かされると十人が十人白状する。中には微罪な者もいるが、ほとんどが幾つもの悪さをしている。

佐渡の金山に送られると悲惨だ。

金山の穴の水替え人足として、死ぬまで島から出られず、穴の中で過酷な半生を過ごすことになる。

江戸幕府はいくらでも金を必要とした。

上方《かみがた》は石見《いわみ》銀山や生野《いくの》銀山があって、貨幣の中心に銀があって銀経済だったが、江戸は佐渡金山、黒川《くろかわ》金山、身延《みのぶ》金山、伊豆金山など、金の算出が多いため、金が中心の金経済だった。

その金銀を賄ったのが大久保長安《おおくぼながやす》だった。

江戸幕府の強みは、圧倒的な金を手にしていたことだ。

織田信長が死んだ時の遺産金は黄金七万枚だったという。黄金一枚が十両と考えて七十万両ということになる。

豊臣秀吉の遺産金は黄金七十万枚というから七百万両ということだ。

その二人に比べ、徳川家康の遺産金は圧倒的に多く、六百五十万枚で六千五百万両という。

三代将軍の徳川家光が建てた日光東照宮《にっこうとうしょうぐう》は、五十六万八千両、銀百貫目、米千石、動員人数四百五十万人という。

家康の遺産金で、東照宮が百軒以上建つのだから、たった一つの東照宮に驚くこともあるまい。この国には莫大《ばくだい》な金銀があった。

石見銀山の銀は、全世界の銀の三分の一を賄ったのである。

佐渡の金山だけで金銀が千万両以上算出した。一説によると金七十八トン、銀二千三百トンと計算されている。

幕府は全国の金銀山を直轄領としたため、江戸城の金蔵には金銀がうなっていた。この金銀が江戸幕府二百六十年の基礎を作ったと言える。

ちなみに大阪城が落城した時、秀吉の大阪城の金蔵には二十八万両しか残っていなかったともいう。

豊臣家は七百万両を使い果たし、軍資金がなくなって滅んだともいえる。

そんな佐渡金山の水替え人足を、江戸の無宿が支えていたのだ。過酷なあまり水替え人足は長生きできなかった。

石見銀山などは三十歳まで生きると赤いご飯でお祝いをしたという。

北町奉行所の仮牢《かりろう》にはそんな無宿が何人もいた。

そんな時、直助とお駒が正蔵を連れて現れた。

「上野不忍の蕎麦《そば》屋正蔵にございます」

　直助が紹介した。

「お駒の爺さんの配下だな？」

「へい、蕎麦餅《もち》屋をしております」

「近頃、切り蕎麦というものがあるそうだな？」

「はッ、たまり汁で食します」

「いずれ食してみたいものだ……」

「畏まりました……」

　とは言っても正蔵は切り蕎麦を作ったことがない。

「親父、今日の話は何だ？」

「お奉行さま、お松の爺さんからこのようなものがまいりまして……」

　直助が、懐から水戸の湛兵衛からの手紙を出して勘兵衛に差し出した。一読すると傍の宇三郎に渡した。

「この朧《おぼろ》の八兵衛《はちべえ》というのは凶悪だな？」

「はい、常陸《ひたち》の盗賊だということです」

「水戸か？」

「それが鹿島という話もあり、安房《あわ》だという話もございます」

「安房か……」

「へえ、そうなんでございます……」

「正蔵は八兵衛を知っているのか？」

「はッ、十五年ほど前に一度会ったことがありますが、一緒に仕事をしたことはありません。ずいぶん荒っぽい仕事をするようですから……」

「もう、江戸に入っているのか？」

「そのように思われます」

「よし、何か手掛かりはないか？」

「お奉行さま、十五年前ですから今のことはわかりませんが、八兵衛の額《ひたい》には豆粒ほどの疣《いぼ》がありました」

「額の疣、白毫《びゃくごう》ではないか？」

「頭巾《ずきん》をかぶると隠れます……」

「歳《とし》は？」

「四十五ぐらいになるかと思います」

「背丈は？」

「五尺五寸（約一六五センチ）ぐらいです」

「他には？」

「当時、隼人《はやと》という狐目《きつねめ》の男が傍についていました。鹿島新当流だと自慢していたように思います」

「よしッ、宇三郎ッ！」

「はいッ！」

宇三郎が立ち上がると、直助とお駒、正蔵が勘兵衛に一礼して宇三郎の後を追った。

半左衛門がすぐ奉行所にいる与力石田彦兵衛、中野新之助、小杉五郎兵衛《こすぎごろうべえ》の三人を呼んで話し合いに入った。

急遽、朧の八兵衛探索組が作られた。

「二人一組だな？」

「間もなく見廻《みまわ》りから戻ってくる刻限です。今夜から見廻りを厳重に……」

彦兵衛が緊急であると理解した。

「うむ、この探索に動けるのは十人ぐらいか、作左衛門、これからいう名前を書きとめてくれ。彦兵衛と小栗七兵衛、中野新之助と佐々木勘之助、小杉五郎兵衛と島田右衛門《しまだうえもん》、池田三郎太《いけださぶろうた》と大場雪之丞、黒川六之助と直助、森源左衛門と野田庄次郎だ……」

お駒と正蔵が勘兵衛に呼ばれた。

「正蔵、八兵衛は東からくると思わないか？」

「へい、思います」

「東に戻ると思うか？」

「思います」

「よし、塩浜に行こう。顔を見ればわかるな？」

「わかります」

勘兵衛は自ら出動することに決めた。

「喜与、支度を頼む……」

「はい、宇三郎だけでもお連れください……」

「そうだな……」

奉行所には半左衛門や書き役の作左衛門、吟味方の秋本彦三郎と牢屋見廻の赤城登之助《ぎのぼりのすけ》ぐらいしか残らなくなる。

「その紙を張り出してくれ、他に手の空いた同心を回す。もう手一杯だな……」

「総力戦ですね。それがしは幾松と仙太郎を連れて見廻りに出ましょう」

宇三郎が申し出た。

「かたじけない……」

すぐ幾松と仙太郎が呼び出され、紙に書いた八兵衛の特徴も張り出された。

次々と奉行所から探索組が出て行く。戻ってきた同心も、張り出された相棒と組んで奉行所を出た。

奉行が出動すると聞いて半左衛門が慌てた。

「お奉行ッ、それがしがまいりますッ！」

「そなたは奉行所にいろ。城には気分がすぐれぬと届け出てくれ……」

「はいッ、作左衛門と彦三郎をお連れください！」

「いいのか？」

「登之助がおります」

「よし！」

勘兵衛の出動に供揃えは宇三郎、秋本彦三郎、岡本作左衛門、正蔵、お駒、幾松、仙太郎の七人と決まった。

「行くぞッ、幾松はどこに行った？」

「あの野郎、この大事な時にッ、仙太郎ッ、お元と一緒に引きずってこいッ！」

滅多に怒らない宇三郎が激怒した。

仙太郎が奥に走って行って、幾松とお元を引っ張ってくる。

「幾松ッ！」

「へい！」

「馬鹿者ッ、お奉行の轡《くつわ》を取れッ！」

「はいッ！」

厩衆《うまやしゅう》と二人曳《びき》で奉行の馬を進める。

「お元……」

「すみません……」

宇三郎に馬上から怒られたお元だが、振り返った幾松には笑顔なのだ。この二人はどうにもならない。

勘兵衛は仲のいい二人だと思う。若い者はそれでいい。

「幾松、一緒に住みたいか？」

「はい！」

「長五郎は？」

「まだ駄目だと……」

「それは辛いな、長五郎は頑固者だから、いいことを教えてやろう。お元に言ってお滝を説得しろ、お滝から長五郎に言ってもらえば、何んとかなるかもしれないぞ」

「お奉行さま、それがそううまくいかないので……」

仙太郎が口を出した。

「どうして？」

「幾松、言ってもいいか？」

「うん……」

「お奉行さま、お元に若旦那が惚れまして……」

「何んだと？」

「幾松、全部言うからな？」

「うん……」

「若旦那が一度店で小笹を抱いたんだそうで、若旦那が小笹は幾松には勿体《もったい》ないとおもったようでして……」

「そんなことになっているのか。万蔵に好きな女はいないのか？」

「それが小笹なんで……」

「夕霧とか貴船とか、いい女がいるそうではないか？」

宇三郎が何んでそんな名をお奉行が知っているのだと驚いた。

「夕霧は何度抱いても馴染《なじ》まないそうなんです」

「それは困ったな、貴船は……」

「まだ抱いていないようです」

「どうして、夕霧に義理立てか？」

宇三郎がまた驚いた。お奉行がなんでそんな言葉を知っているのだと思う。

「一遍に両方はやっぱり具合が悪いのです」

「そうなのか、宇三郎？」

「ええッ……」

藪蛇《やぶへび》だ。

「お奉行さまから……」

「万蔵に何か言えというのか？」

「はい……」

仙太郎も、万蔵が幾松からお元を横取りすると思って心配している。そんなことをしたら鬼屋は大揉《も》めになりかねない。

「万蔵が気に入っている女は本当にいないのか？」

「いないよな……」

仙太郎が幾松に同意を求める。お元のことで頭がいっぱいの幾松は、そんなことを考えたことがない。

「うん、いないな……」

お元と離れると途端に虚《うつ》ろな幾松だ。

第十三章　塩浜《しおはま》の戦い

北町奉行米津勘兵衛一行は、大川を超えて下総《しもうさ》に入った。

幕府は江戸の守りのため、大川には千住橋以外の橋をこの後五十年ほど認めなかった。

ここに、武蔵と下総をつなぐ両国橋《りょうごくばし》が架けられると、本所や深川などが急に発展する。橋の役割は大きかった。

この後の明暦《めいれき》の大火の時は、この橋がなかったため十万人もの犠牲者を出し、大火の二年後に両国橋が架けられる。

この川には数えきれないほどの渡しがあった。

宮堀《みやぼり》の渡し、六阿弥陀《ろくあみだ》の渡し、梶原《かじわら》の渡し、尾久《おぐ》の渡し、熊野《くまの》の渡し、新渡《しん》し、尾竹《おたけ》の渡し、一本松《いっぽんまつ》の渡し、戸田《とだ》の渡し、汐入《しおいり》の渡し、水神《すいじん》の渡し、白鬚《しらひげ》の渡し、今戸《いまど》の渡し、向島《むこうじま》の渡し、花川戸《はなかわど》の渡し、駒形《こまがた》の渡し、御厩河岸《おんまやがし》の渡し、横網《よこあみ》の渡し、一目《ひとつめ》の渡し、安宅《あたけ》の渡し、中洲《なかず》の渡し、深川《ふかがわ》の渡し、佃《つくだ》の渡し、月島《つきしま》の渡し、勝鬨《かちどき》の渡しなどが大きい渡しで、他にも小さな渡しがあった。

勘兵衛たちは一目の渡しを使った。

江戸から行徳塩田《ぎょうとくえんでん》までは四里（約一六キロ）ほどだ。

一行は、海沿いの道を南からのそよぐ潮風に吹かれながら、うららかな春の陽気にいい気分の旅になった。

「宇三郎、いい日和《ひより》だな？」

「はい、海も凪《なぎ》でございます」

その海を見た勘兵衛はフッと、八兵衛一味は海に逃げるのではないかと思った。

「正蔵、あれは上総だな？」

「へい、その先が安房にございます」

勘兵衛は、一味がこの道を来ると確信した。この辺りには、行徳塩田から江戸へ塩を運ぶ船がいくらでもある。

仕事の前に捕まえればそれでいいが、直助の話では、一味は既に江戸に入っていて、仕事の前に止めるのは難しいと思える。それならば逃げるところを捕らえようと勘兵衛は考えた。

　問題は、八兵衛が逃げ道をどう確保しているかだ。

　奉行所が追跡しづらい道、追跡できない道、道のないところが一番安全だ。

　それは海だ。

　勘兵衛は、仕事の終わった八兵衛一味はこの辺りに来ると思った。江戸から二刻（約四時間）、男の足で急げば一刻半（約三時間）でここまで来ることができる。

　ちょうど夜明け頃になるはずだ。

　ここから船に乗って上総に向かえば誰も追えない。

　袖《そで》ケ浦《うら》、木更津《きさらづ》辺りに上陸して東金《とうがね》、銚子《ちょうし》、鹿島方面に迂回《うかい》しながら逃げる。この道なら海に出るため、一旦逃げた痕跡が消える。

　盗賊は仕事の段取りと同時に、逃亡の段取りを入念に考える。

　それは追われるからだ。

　勘兵衛は、成田から鹿島への道や、一気に水戸方面へ逃げる道も考えたが、その道は追われたら一本道で逃げるには最悪の道だ。

　八兵衛は、より安全な逃げ道を考えるはずだ。

最も安全な道は東海道に出て、横浜村から浦賀《うらが》村方面に出て海を安房に渡る。こんな逃亡を考えるのは勘兵衛ぐらいで誰も考えない。

勘兵衛の読みは、行徳塩田界隈《かいわい》から塩の船で上総に出るということだ。

「宇三郎、行徳屋に行ってお松の顔を見るか？」

「はッ、お松が喜びましょう」

「お松の子を見られるか？」

「はあ、確か男と聞きましたが……」

「塩屋の跡取りか……」

暢気《のんき》な勘兵衛が、塩田の広がる塩浜を眺《なが》めながら夕刻に行徳屋に着いた。江戸も空が夕日に赤く燃えている。

「お奉行さまッ！」

お松の亭主が飛んで来て行徳屋は大騒ぎになった。塩田から戻ってきた職人やお松の義父や店の者など、三十人以上が外に出てきて奉行一行を歓迎した。

「お松、達者か？」

「お奉行さま……」

お松は勘兵衛を見て感動すると、両手で顔を覆《おお》って泣くばかりだ。天下の北町奉行が突然現れたのだから、お松が驚くのも当たり前だった。

宇三郎がお松の亭主を傍《そば》に呼んで、奉行の出役《しゆつやく》の事情を話した。見る見る緊張した顔に変わった。

「お手伝いできることがあれば何《な》んでもします！」

「うむ、後で、お奉行のところに来い……」

「承知いたしました」

急遽《きゆうきよ》、行徳屋は北町奉行を歓迎する宴会になった。真っ黒に日焼け潮焼けした男も女も元気がいい。勘兵衛はこういう人たちが大好きだ。生きる喜びに満ちている。

天日塩田の仕事は決して楽ではない。

行徳塩田は、上総の五井《ごい》の塩焼き製法が伝わったもので、塩は生活の必需品であることから、北条家に年貢として納めていた。

やがて江戸が大きくなると、行徳塩田の塩は、船で大量に運ばれるようになる。それがもう始まっていた。行徳屋の塩は人気があった。

だが、やがて赤穂《あこう》や斎田《さいだ》など西国の十州《じつしゆう》塩が江戸へ大量に入るようになると、行徳塩田の塩は江戸だけではなく逆に利根川を遡《さかのぼ》って、関東の山の方から越後《えちご》、出羽《でわ》方面にまで広がって行った。

ところが、その下《くだ》り塩の十州塩は、天候が悪いと江戸に入荷しないという致命的な難点があった。

その点、行徳塩田の塩は、雨が降ろうが雪が降ろうが槍《やり》が降ろうが、江戸までならひとっ走りで今日欲しければ今日運べる。

そんな便利さが見直され、将軍吉宗《よしむね》に保護されることになる。

この頃既に、成田山新勝寺《しんしょうじ》への参詣《さんけい》道として、行徳街道には宿場ができ始め栄えていたが、勘兵衛は八兵衛がその道を使わないとにらんでいる。

やはり海だ。

夜からの作戦に備えて宴会は早々に切り上げた。

「お奉行さま……」

お松と亭主が勘兵衛に平伏する。

「宇三郎から聞いた通りだ。この辺りから上総に行く、足の速い船が怪しいとにらんでいる……」

「足の速い船……」

お松と亭主が顔を見合わせる。心当たりがあった。

荒くれ船頭で腕っぷしがめっぽう強い。酒癖が悪く、喧嘩《けんか》が絶えず鼻つまみ者だが、急ぎの仕事にはうってつけの便利な男だ。

お松の亭主からその話を聞いた勘兵衛は、その男だと思う。

「袖ケ浦だな？」

「へい、袖ケ浦までなら、目を瞑《つむ》って半刻《はんとき》（約一時間）で漕《こ》いでみせると豪語する威勢のいい男で、銭しだいというか酒しだいというか……」

「なるほど……」

「その男の船はどこにある？」

宇三郎が聞いた。

「ここから七、八町戻った河口の湊《みなと》にあります」

「そういえば小さな湊があったな」

「そこです……」

勘兵衛の周りに宇三郎、秋本彦三郎、岡本作左衛門、幾松、仙太郎、お駒、正蔵、お松と亭主が集まっている。

「彦三郎と作左衛門は湊の半町ほど向こうに潜《ひそ》め、お駒と仙太郎は一里ほど戻って、額に疣《いぼ》のある男と何人かの仲間が通るから後を追え、正蔵は湊の船に八兵衛が近づいたら声をかけて呼び止めろ……」

勘兵衛は布陣を決める。

「宇三郎はわしと一緒に正蔵を援護する。八兵衛の顔を知っているのは正蔵だけだ。声をかけたらわしと宇三郎が飛び出す。彦三郎と作左衛門も飛び出して逃げ道を防ぎ、挟み撃ちにする……」

「承知しました」

「お松の亭主と幾松は船の支度をしておいてくれ、万一、海に逃げられた時に追うためだ。一艘《いっそう》でいい……」

「へい！」

「一人も逃がすな。八兵衛だけは殺さずに捕らえろ、他は斬り捨ててよい！」

「わかりました」

「早ければ明け方には現れる。遅くとも昼頃までには湊に来るだろう」

勘兵衛は八兵衛が塩浜に現れると確信している。この布陣であれば海だけでなく、もし、成田山方面に逃げても追えるはずだ。

「ゆっくり仮眠を取ってから配置につけ……」

八兵衛が動くだろう道を勘兵衛は冷静に読み切った。上総に逃げられるともう捕まえられない。ここが最後の機会になる。

この行徳塩田であれば、盗賊が安心して全員が集まる場所にはうってつけだ。勘兵衛は柱に寄りかかって目を瞑《つむ》る。

明日来るか、明後日になるかわからない。それとも数日後に現れるかわからない作戦だが、そう遠くなく八兵衛が動くと思われる。

盗賊が何日も江戸にとどまっているのは危険だからだ。

深夜になって最初に動き出したのが、お駒だった。

「仙太郎さん、行きましょう……」

「うん……」

眠そうな仙太郎が、お駒と一緒に部屋を出て行った。最も遠い場所で見張る一人だ。

「仙太郎さんはいつもお奉行所の手伝いをしているんですって？」

「うん、鬼屋はお奉行所に世話になっているから……」

「どうして？」

「火事なんかあると鬼屋は鳶《とび》だから……」

「そうか、火消もやるんだ？」

「うん、江戸は火事が多いからな……」

「気をつけるんだよ」

「うん……」

二人はブツブツ言いながら、行徳街道を江戸に向かって引き返した。

その頃、北町奉行所は空になり、半左衛門と登之助が、戻ってくる同心の報告を聞き、その同心たちの動きを指揮していた。

昼から与力と同心が総出で探索に当たっている。目立たない小さな旅籠《はたご》を中心に聞き込みも急いでいた。

八兵衛一味が江戸に入っていると考えての探索だ。

夜は神田や日本橋の商家の戸締まりを見て回る。怪しい動きがないか、二人一組で町家の物陰や人影に気を配った。

緊張した夜回りだが、この夜は動きがなかった。

夜明け近くに、疲れた夜回り組が戻ってきた。

辻斬りを探している青木藤九郎たち麻布台組と、番町組の林倉之助たちも戻ってきたが、この組は夕刻まで寝ることができた。

だが、八兵衛を追う同心たちは、奉行所で仮眠を取って再び出動する。黒川六之助と直助は不忍の商人宿で寝ていた。

行徳塩田の勘兵衛たちも、夜が明けてくると緊張がゆるんできた。だが、勘兵衛は警戒態勢を解かない。江戸で事件が起きているかもしれないからだ。

町奉行所が緊急の警戒、探索に入った二日目、日本橋の油問屋灘屋《なだや》登兵衛《とうべえ》の前で、池田三郎太と大場雪之丞が足を止めた。

この頃、江戸の油は大阪の油問屋に握られていた。下り物の油は高価で酒と同じ値だといわれた。

そのため庶民は安いが臭いの強い魚油を使うが、一番多いのは暗くなると寝てしまう人たちだ。従って、江戸の朝はまだ暗いうちから始まる。

その日は雨模様の暗い夜だが、雲の切れ目に月が出ていた。

「雪之丞、灘屋の潜り戸《くぐりど》が少し開いていないか？」

「臆病窓《おくびようまど》も少し開いてるようです……」

「おかしいな？」

間もなく夜が明ける。誰か暗いうちに出掛けたのかと思ったが、戸締まりが半端では夜明けとは言っても危険だ。

二人が灘屋に近づくと油の臭いが強い。

「これは魚油だな？」

雪之丞が引き戸を開けるとスーッと開いた。強烈な魚油の臭いだ。

「雪之丞ッ！」

二人は賊だと直感して、三郎太がピーッと鋭く呼子を吹いた。雪之丞は土間に踏み込もうとして、転びそうになり潜り戸をつかんだ。

油甕《かめ》を転がしたように、土間一面が油だらけなのだ。

「どうした？」

「土間が油だらけだ。転びそうになった……」

「ひどい匂いだな？」

「この油に火をつけようとしたのだろう」

「火つけに失敗した？」

「おそらくそんなところだ。困ったな。灯りが使えないぞ。燃え上がったら一巻の終わりだ……」

「くそッ！」

「雪之丞、裏に回れ！」

「承知！」

そこに呼子を聞いた中野新之助と佐々木勘之助が駆けつけた。

「やられたようだ！」

「なぜ、中に入らない？」

「土間が油だらけで中に入るのが難しい。勘之助は裏へ回れ。裏木戸を蹴破って中に入ってみろ！」

与力の中野新之助がピーッ、ピーッと呼子を吹いた。

「油だ……」

灘屋の油が外にまで流れ出していた。

裏に回った雪之丞が木戸を蹴破って庭に飛び込んだ。

油の臭いが漂っている。

庭から雨戸を外して座敷に入ると、油の臭いに混ざって血の臭いがした。

「血の臭いだ？」

勘之助がいきなり引き戸を開け、隣の部屋をのぞいた。

「あッ……」

「ひどい！」

二人がまだ息のある者はいないか探したが、見事なまでに止《とど》めを刺されて息絶えている。

「探しましょう！」

「生き残っているのはいないか？」

部屋一面に死骸が転がっている。一か所に集められて殺害されたようだ。

「皆殺しか？」

「くそッ、ひどいことをしやがる……」

森源左衛門と野田庄次郎が裏木戸から入ってきた。

中野新之助は表の潜り戸を閉めて、三郎太を立たせると裏口に回った。

「皆殺しです」

雪之丞が悔しそうに与力の中野新之助にいう。

「誰か生きていないのか？」

「駄目です……」

「おのれ八兵衛、源左衛門、奉行所に走ってくれ。死体は十二だと報告して捕り方を三十人ばかり連れてきてくれ……」

夜が明け始めていた。源左衛門が灘屋を飛び出すと奉行所に走る。野次馬が集まってきていた。

「おいッ、その油に土をかけてくれ！」

三郎太が野次馬に、漏《も》れ出した油に土をかけろと命じる。

その頃、屋内では押し入れに隠れていた小僧が見つかった。ブルブル震えて喋《しゃべ》れない。

「奥へ連れて行って落ち着いてから話を聞け……」

「承知しました。行こう……」

立ち上がるのも難儀な小僧を連れて、野田庄次郎が地獄のような部屋から出て行った。

奉行所に戻ってきた森源左衛門から半左衛門が話を聞いていると、喜与とお幸が入ってきた。

「どこです？」

「日本橋の油問屋灘屋にございます」

「灘屋……」

「十二人が殺されました……」

「何んと、十二人も、皆殺しですか？」

「そのようです……」

そんな時、急に騒々しくなって辻斬り探索の者たちが戻り、そこへ京に派遣されていた三騎が奉行所に飛び込んできた。

「半左衛門殿、京から戻った三人と藤九郎を行徳屋に向かわせてもらいたい！」

喜与は勘兵衛が危ないと思った。

「かしこまりました。戻ったばかりだが、塩浜の行徳屋に走ってもらいたい。お奉行と望月殿たちが待ち伏せをしている。盗賊の人数がわからないのだ」

「承知！」

藤九郎、文左衛門、青田孫四郎、倉田甚四郎の四騎が奉行所から飛び出した。

第十四章　馬借《ばしやく》三五郎《さんごろう》

最も早く八兵衛の動きをつかんだのは、お松の亭主だった。

夜明けに、湊で船の支度をする暴れん坊の伝八《でんぱち》を見つけて声をかける。

「伝八、どこへ行く？」

「おう、長吉《ちょうきち》、いつものように袖ケ浦までだ」

「そうか、今度、うちの塩を江戸まで運んでくれないか？」

「おれを使ってくれるのか？」

「ああ、駄目か？」

「いや、いいよ」

「叺百俵《かますひゃっぴょう》だ」

「そんなにいっぱいか、すまねえな……」

「いいんだ。だが、仕事の間は酒を止《や》められるか？」

「酒？」

「お前は酒を飲むと喧嘩をしたくなる。江戸の塩問屋上総屋に百俵運ぶまでは駄目だ。終わったらいくら飲んでもいい。酒代は俺が持つ……」

「江戸の上総屋はお松の親か？」

「そうだ。行徳屋で一番大事な仕事だ」

「お松の親か、わかった。飲まねえ、喧嘩もしねえ、その仕事をやらせてくれ……」

「うむ、頼むよ」

この湊に八兵衛が来ると確信した。

長吉は、この辺りの若い衆がお松に惚《ほ》れていることを知っている。江戸の女は垢抜《あかぬ》けしていて違う。

色白で浜の潮焼けにするのは勿体《もったい》ねえと思っている。

伝八もそんな一人だ。

次に八兵衛を捕捉したのはお駒と仙太郎だった。二十人近い男たちが、二人の隠れている漁師の家の前を喋りながら通った。

「あいつら何人いた？」

「数えられなかったよ……」

「そうか、よし、行こう！」

お駒と仙太郎が、一町ほど離れて八兵衛一味を追った。

浜の道を、男たちが伝八の船が待つ湊にぞろぞろ近づいてきた。

何んとも大胆な連中だ。

逃げ切ったと安心したのか、砂浜に出て背伸びをしている。宇三郎が数えた。

「十八人です」

「多いな……」

勘兵衛と宇三郎は漁師小屋の後ろに隠れていた。すると正蔵が砂浜に下りて行った。

「朧《おぼろ》の頭では？」

「おう、正蔵、どうした。こんなところで？」

「塩浜に来ておりました。お頭じゃないかと思いまして声をかけさせていただきました……」

「そうか、これから鹿島に帰るところだ」

「船で？」

「ああ……」

「あれは隼人では？」

「うむ、血を見ると落ち着く男よ。昔と変わらねえ……」

そこに勘兵衛と宇三郎が飛び出していった。

「何んだッ！」

「八兵衛ッ、ここまでだ！」

「誰だッ！」

「北町奉行の米津だ！」

「か、勘兵衛……」

「やっちめえッ！」

砂浜にいた盗賊たちが二人を見て集まってくる。その時、後ろから彦三郎と作左衛門が太刀を抜いて走ってきた。四対十八では圧倒的に不利だ。

「宇三郎、斬り捨てるしかないな……」

「はい！」

勘兵衛と宇三郎が太刀を抜いた。十八人の中には浪人が六人いる。勘兵衛と宇三郎が六人に取り囲まれた。八兵衛がニッと笑う。

「勘兵衛、うぬはここで死ぬ……」

「八兵衛、江戸で何人殺してきた！」

「ふん、十二人だ……」

「外道《げどう》が！」

「ほざけッ、やってしまえ！」

宇三郎が中段に構えて前に出た。そこに「どけッ、どけッ！」と、盗賊たちを押しのけて彦三郎と作左衛門が飛び込んできた。足場が砂で動きにくい。

それでも宇三郎が浪人に襲い掛かって倒した。

下段から袈裟《けさ》に斬《き》り上げて一人を倒す。砂に足を取られて転びそうになった。

「隼人さん、こいつやりますよ……」

「そうらしいな」

宇三郎と同じ年恰好《かっこう》の浪人で、凶悪そうな血の臭いのする男だ。殺気に包まれ人を斬りたいと言っている目つきだ。

「手を出すな、おれが斬る」

隼人が宇三郎を誘うように仲間から離れた。

「柳生流のようだな？」

隼人が腰の剛刀を抜いた。昨夜、灘屋に押し込んでたっぷり血を吸った刀だ。

「流儀はない……」

宇三郎は黙って中段に構えた。隼人は宇三郎を挑発するように、刀を背負って半身に構えている。

「キエーッ！」

猿のような鳴き声で、いきなり隼人の剛刀が宇三郎を襲った。その太刀に擦り合わせると同時に、宇三郎の太刀が隼人の小手を斬った。

ポロッと右腕が手首から五寸（約一五センチ）ほどの肘《ひじ》との間で斬り落とされた。

「ギャーッ！」

凄《すさ》まじい悲鳴を上げて隼人が砂に転がった。それでも左手で剛刀を振るう。宇三郎はその左手も斬り落とした。

「くそッ！」

「やっちまえッ！」

二人の戦いを見ていたが、急に乱戦になった。

そこに江戸から馬を飛ばしてきた剣客四人が、馬から飛び降りて砂浜に走ってきた。

「お奉行ッ！」

「おう、八兵衛だけは殺すな！」

「承知！」

四人が太刀を抜いて浪人に襲い掛かって行った。

海には伝八の船が浮かんでいて、三人がその船に逃げた。八兵衛も船に逃げようとしたが、太刀を握った勘兵衛が立ち塞《ふさ》がった。

伝八の船が袖ケ浦に向かって動き出した。

それを長吉と幾松の乗った船が追った。

「伝八ッ、戻れッ！」

「長吉……」

「おいッ、袖ケ浦に急げッ！」

男が匕首《あいくち》を抜いて伝八の腹に当てた。

「逃げようとすれば刺す。漕《こ》げ！」

湊から一町（約一〇九メートル）ほど離れた海の上だ。一丁櫓《ろ》で伝八が漕いでいる。その伝八が「ああッ！」と海に倒れ込んでドボンッと海に落ちた。

なかなか気の利いた逃げ方だ。

「伝八を助けろッ!」

長吉が船頭に叫んだ。

「追わなくても?」

「船頭がいなければ船は動かねえッ、伝八が先だ!」

「へいッ!」

陸では戦いが続いている。海では伝八に船を近づけて幾松が引き上げた。船頭に逃げられた船は海を漂うしかない。素人が櫓を漕いでも前には進まない。

それを長吉と幾松が笑いながら見ている。

砂浜では勘兵衛が八兵衛を捕縛、宇三郎、藤九郎、文左衛門、青田孫四郎、倉田甚四郎の剣客が次々と盗賊を倒していた。

逃げようとする盗賊は、秋本彦三郎と岡本作左衛門が逃げ道を塞いで倒す。斬り殺されたのは、浪人六人と激しく抵抗した五人だ。八兵衛ら四人は捕らえられ、袖ケ浦に逃げ損なった三人が海の上に浮かんでいた。

宇三郎と文左衛門の乗った船が近づいてきて、観念した三人が乗っている船を曳いて湊に戻った。

八兵衛一味十八人のうち七人が江戸に引き立てられた。

奉行所では秋本彦三郎の厳しい拷問が待っている。

中でも八兵衛は、徹底的に責められることになった。石を三枚も四枚も抱かされ、地獄の責め苦が続いた。

「八兵衛、全部吐くまでこの拷問が続くからな。楽しみにしていろ！」

「旦那、全部吐いた。早く殺してくれ……」

「ほう、死にたいか、殺してくれなどと贅沢《ぜいたく》なことを言えなくなるまで責めてやる。何人殺したか、お前に殺された人たちの恨みを受けることだ。わかるな？」

「もう何も言うことはない……」

「そうか、そう言ってから吐いた者が多いのよ。なめるんじゃねえぞ老い耄《ぼ》れ八兵衛……」

「旦那……」

「牢《ろう》に戻しておけ、また明日だ」

彦三郎のしつこい取り調べが三日、五日と続いて、木馬から駿河《するが》問状《もんじょう》と責められ、八兵衛は恐怖のため、髪が急に白くなり、何んでも白状するようになった。

八兵衛一味が殺した人々は七十人を超えていた。だが、勘兵衛と彦三郎は、一味が手にかけたのは、その倍はいるだろうと思った。

凄まじい悪党だ。

奉行の米津勘兵衛が素早く動いて、突然持ち上がった八兵衛事件も早期解決、まことに結構なのだが、他に辻斬り事件、浪人問題や無宿の問題など山積していた。

一刻の平穏が奉行所を包んだ。

「半左衛門、そなた舟月《ふなづき》のとろろ汁を食したことはあるか？」

勘兵衛が追分の爺《じい》さんに言われてから気になっていたことだ。

「はい、お奉行はまだでございますか？」

「うむ、美味《うま》いそうだな？」

「それが美味いというのか、癖になる味にございます」

「そんなにか？」

「はい、山芋を擂《す》りおろし、粘りが強いので味噌《みそ》汁で溶《と》くのですが、近頃は薄いたまり汁で溶くというのが流行《はや》りのようで、白い飯より三分ほど麦の入った麦飯の方が合う、というようなことになっているようです」

「ほう、たまり汁か？」

「それにこのとろろ汁は、どんな糅飯《かてめし》にも合うと言われております。大根飯、蕪《かぶら》飯、豆飯、山菜飯、粟《あわ》飯、稗《ひえ》飯など何んでもいいということです」

「なるほど……」

「五杯、六杯など、何杯でも流し込めると評判です」

「まあ、そんなに食べてお腹をこわしませんか？」

傍から喜与が言う。

「それが不思議なことにこわれないのです」

「行ってみるか？」

勘兵衛が喜与を誘った。珍しいことだ。

「先ずは殿さまからどうぞ……」

「そうか……」

「駕籠《かご》を用意いたしますが？」

「いや、馬がいい……」

勘兵衛は駕籠が嫌いなのだ。狭いところに入るのは息苦しい。馬上にいる時の爽快感は駕籠ではとても味わえない。

町奉行ともなると、一人で気ままに出歩くことはできない。お忍びとは正式でないから、一人で出歩いていいということではないのだ。

幕府の権威を城下に示さなければならない奉行に、市中で何かあれば士道不覚悟などと言われ、お家断絶もあり得る重い役職なのである。

出役中でも油断は許されない。

半左衛門は勘兵衛の護衛に、内与力三騎に同心五人の布陣にした。万一、襲われても対応できる構えだ。

舟月に、奉行が訪問すると知らせが走った。

一行が舟月に行くと、お文《ぶん》と親父《おやじ》が外に出て迎え、勘兵衛と半左衛門が奥の部屋に入り、宇三郎と藤九郎と文左衛門の三人と、同心五人の八人が舟月の周囲の警戒に当たった。

四人が店に入ってとろろ飯を流し込んで、次の四人と交代する。

お文が勘兵衛の前に出て挨拶する。

「お文、金之助が見廻《みまわ》りに戻ってどうだ?」

「はい、以前よりずいぶん元気になりましてございます」

「ほう、外回りが金之助に合っているのだな?」

「はい、うれしいことにございます」

「お文、そなた、懐妊しているのか？」

半左衛門が聞いた。

「はい、二人目にございます」

お文がうれしそうだ。

「お待たせいたしました……」

お文の父親と、とろろ汁の職人が、二人のとろろ飯を膳に乗せて運んできた。店では盛り切りで出している。足りなければ別に注文する。

端から三つとか五つと注文する大食いがいる。それほど、たまり汁で溶いたとろろ飯は人気だった。

勘兵衛は麦のとろろ飯を三杯に、お文に勧められて大根飯をとろろ汁で一杯食べた。それでも、後二杯ぐらいはいけそうだから恐ろしい。

野田庄次郎が七杯も食べてみんなを驚かした。たまり醤油《じょうゆ》があちこちで使われるようになって、江戸の食い物が飛躍的に変化しようとしていた。

これまで酒の肴《さかな》といえば、味噌と梅干や塩が多かったが、醤油で煮た大根とか豆とか高価な魚の煮物などもでてきていた。

味噌から醤油への大変革が起きようとしている。

醤油の歴史は味噌に比べると浅く、乱世の天文《てんぶん》年間に現れ、江戸初期に使われ始めて、醤油として使用法が完成するのは明治期になってからである。

その走りの変化が始まっていた。

勘兵衛一行は大いに満足して舟月を後にした。

三五郎は六尺（約一八〇センチ）を超える大男で、背丈よりも一尺（約三〇センチ）以上長い棍棒《こんぼう》を馬に背負わせていて、旗本の無頼たちを見ると「腰の刀が重そうだな……」と喧嘩を売る。

「何ッ、馬借の分際で武家を馬鹿にしおって！」

「フラフラ歩いているからだ！」

「ほざくなッ！」

「斬るか？」

三五郎が無頼どもを挑発する。

「斬り捨ててくれるッ！」

昼から酒に酔っているのか、若い武家が太刀を抜いた。野次馬が喧嘩を取り巻いて三五郎を励ます。

「馬借の兄いッ、負けるんじゃねえぞッ！」

「任せておけ！」

馬の背から棍棒を取って振り回す。

「この野郎、洒落臭《しゃらくさ》い、叩《たた》き斬ってやる！」

「若いの、腰がふらついているぞッ！」

野次馬がからかう。江戸の者は喧嘩が大好きだ。野次馬七、八十人が集まってまだ増えそうだ。

「この野郎ッ！」

叫びざまに、無頼の旗本がいきなり三五郎に斬りつけた。その刀を棍棒がキーンッと叩き折った。その棍棒が折れた刀を持つ無頼の腕をボキッと折った。断末魔のような悲鳴を上げてひっくり返ると道端に転がった。折れた腕がブラブラになっている。

残った三人の無頼が一斉に太刀を抜いた。野次馬の輪が広がる。

「叩き殺せッ！」

「生かしておくなッ！」

「ふん、やれるものならやってみろッ！」

三五郎の棍棒が唸《うな》りを生じて、無頼の刀を屋根に弾《はじ》き飛ばした。

「くそッ！」

途端に二人が逃げ腰になった。

「おいッ、仲間を連れて行けッ！」

三人が、腕を折られ泣き叫ぶ男を抱きかかえて逃げて行った。そこに結城八郎右衛門、村上金之助、黒井新左衛門の三人が走ってきた。

「三五郎ッ、またお前か？」

「お役人、喧嘩を売られたんで。そうだよな？」

野次馬に同意を求める。

「おう、四人の侍に言いがかりをつけられて喧嘩になったのだ。馬借は悪くねえぞ！」

「お役人、奴《やつ》らの刀が屋根の上だ！」

「三五郎、その棍棒をこっちに渡せ……」

「三本目だぞ……」

「喧嘩をすれば何本でも取り上げる。渡せ！」

「折角、作ったのに……」

金之助と新左衛門が梯子《はしご》に登って、商家の庇《ひさし》から刀を下ろした。

「いい拵《こしら》えの刀だな……」

「斬れそうだ」

「三五郎、奉行所までついて来い！」

「またか？」

「ぶつくさいうんじゃねえぞ。相手は大怪我《けが》しているんじゃねえのか？」

「腕を折っただけだ。殺しちゃいねえよ」

「馬鹿野郎、腕を折れば上等じゃねえか！」

おとなしい八郎右衛門がべらんめえになって怒った。

「わかったよ。行くよ……」

黒井新左衛門が抜身の刀を担いで歩き出した。不貞腐《ふてくさ》れ顔の三五郎が馬を引いて、八郎右衛門の後からついていく、そのうしろを金之助が歩いていた。

半左衛門は暢気者の金之助を刺激するため、お文を好きな黒井新左衛門と組ませるようにしている。

おちおちしていると、お文を新左衛門に取られるという警告だ。そんなこともあってお文は、近頃の金之助は元気になったと言ったのだ。

金之助は安心するためすぐお文を抱きたがる。それをお文はうれしくてたまらない。

奉行所での三五郎は神妙だ。

「お奉行、旗本の若い衆はなんであんなに、町人やあっしらに威張《いば》るんでやすかねえ……」

そんな難しいことを聞くのだ。

「三五郎、威張るのはあの無頼の輩だけではないぞ。その答えはな、自分に自信のない者が威張るのだ。わかるか？」

「わからねえ……」

「自分に自信のない者は大きく見せようとしたり、力があるように見せるため威張るのだ。少しここの足りない者が多いな……」

勘兵衛が自分の頭を指で突っついた。それを見て三五郎がニッと笑う。

「わかったか？」

「わかった……」

「喧嘩をするなとは言わないが、相手に怪我をさせるような喧嘩はいいとは言えない」

「わかった！」

「三五郎、世の中には色々な人がいる。お前のように喧嘩の好きな者、この奉行のように悪党には情け容赦のない者、情け深い人も貧しい人もいる、それが世の中だ。人をよく見て学ぶようにしろ……」

「うん、お奉行、おれをお奉行の手下《てか》にしておくんなさい」

「どうしてだ？」

「この間、鬼屋の仕事をしたんだ。その時、幾松の野郎が、おれは北町奉行さまの手下だと自慢しやがって、おれも手下になりてえ……」

「そうか、いいだろう。お上の御用をするのだから喧嘩をしては駄目だぞ。守れるか？」

「へい、守りやす、必ず……」

「よし、今日から幾松と同じ北町奉行の手下だ。何かあったら奉行所か役人に知らせろ……」

「合点でやす！」

こうして暴れん坊の馬借三五郎が、勘兵衛の手下になった。

その数日後、一人の武家の老人が奉行所に現れて、勘兵衛に面会を求めた。老人は訳あって名乗れないという。

身分のありそうな老人だと半左衛門が言うので会う気になった。

勘兵衛には心当たりがある。

「ご用の趣《おもむき》は刀か？」

「はい、先日、ご迷惑をおかけいたしました屋根の上の太刀にございます」

「なかなか良い拵えの太刀でしたが？」

「恐れながら主家の家宝にございます。それがしは用人にございます」

「なるほど、仕事柄、太刀の銘を改めさせていただきました」

「結構でございます。口外はご勘弁を」

「いいでしょう。それでお怪我は？」

「当方は無事ですが、一人は腕を折られ、もう太刀は握れないだろうということです」

「それは気の毒だが喧嘩では……」

「はあ、他家のことは……」

老人は怪我をしたのは他家の者だといい口をつぐんだ。

「誠に失礼ながら、ここに百両持参いたしました。なにとぞ、太刀をお下げ渡しくださるようお願いいたします」

老人が袱紗《ふくさ》に包んだ百両を勘兵衛の前に置いた。

「奉行所もなにかと入用でな。折角ですからお預かりしましょう」

百両の袱紗を開き、中を確かめてから半左衛門に渡した。

「ところで、あの太刀がその方の持ち物だと、どのように証明なさるか？」

「鞘《さや》をお持ちいたしました……」

「なるほど、同じ拵えだということですな？」

「それでお許し願います」

「宇三郎、あの太刀を持ってまいれ……」

老人は太刀が戻るとわかって安心したようだ。

「老人、あの馬借に仕返しなどしないように忠告しておきます。万一のことがあればことごとく調べ上げ、あの四人の行状は老中に申し上げます。四人の目星はついております」

老人が驚いて勘兵衛をにらんだ。

「旗本たる者、身を慎むことが肝要です」

「わかりました」

宇三郎が老人に太刀を渡すと、持参の鞘にピタッと入った。

その数日後、四人の若い無頼は切腹させられた。

老中には病死と届けられ、四人の旗本の名が明らかになった。

勘兵衛は老中から何かあったのかと聞かれ、脅し過ぎたかと思いながらも「格別には何もございません……」と何も言わなかった。

第十五章　将軍の愛

勘兵衛が下城して奉行所に戻ると、喜与の姿が見えず、お幸が「お帰りなさいませ……」と大玄関に出て勘兵衛の太刀を受け取った。

「喜与はどうした？」

「奥におられます」

「奥に、客か？」

「はい……」

「誰だ？」

「お末さんです……」

勘兵衛は部屋に入ると、お幸に手伝わせて着替えた。お末と聞いて厄介な話だと思った。

「茶をくれるか？」

勘兵衛は一度止めていた銀煙管《ギセル》に煙草《たばこ》を詰《つ》め、煙草盆から火を移してスパーッとうまそうに一服やった。お末は何んのもめ事だろうと思った。

二服目をやっていると、お幸が茶を持って戻り、その後ろから喜与とお末が現れた。時々すすり上げてお末が大泣きしたようだ。

「どうしたお末、久しぶりだな？」

「うん……」

「腹が大きいのか？」

「ワーッ……」

お末が急に駄々《だだ》っ子のように大泣きする。

「どうしたんだ？」

「それが……」

喜与が言いにくそうだ。

「腹が大きいのと関係あるのか？」

「お奉行さま、雪之丞が他の女と浮気したのです！」

怒ったお幸が、雪之丞を呼び捨てにして勘兵衛に訴えた。

「ウワーッ！」

お末が大きくなった腹を抱えて泣く。

「本当なのか？」

「はい……」

「証拠は？」

「これです……」

喜与が後ろから男物の長襦袢《ながじゅばん》を出した。

「こことここに紅が……」

「これは誰のものだ。雪之丞か？」

「そうです……」

「ウワーッ！」

お末が子どものように大口を開けて泣くばかりだ。

「間違いないのだな？」

「お末が持ってきましたので……」

「よし、不届き者めッ、わしの顔に泥を塗るつもりか、雪之丞を叩き斬ってくれるッ！」

勘兵衛が激怒した。

すると驚いたお末がピタッと泣き止んだ。雪之丞が斬られる。そこまでは考えていなかった。大好きな雪之丞が斬られたら腹の子は父《てて》なし子になる。

そこまではしなくていい。

「お幸ッ、雪之丞をそこの庭に連れて来い。そこで首を斬り落とすッ！」

「はいッ！」

お幸が飛び出して行った。

「あのう……」

「何んだ。お前は悪くない。そこで見ていろ！」

「はい……」

勘兵衛の凄まじい怒りにお末は縮み上がった。とんでもないことになったと思うがもう遅い。怒った勘兵衛を止められそうにない。

しばらくすると、雪之丞がお幸に連れられて庭に現れた。

登城した勘兵衛の供をして戻り、これから見廻りに出ようとしていた。

雪之丞は王子稲荷《おうじいなり》をお参りに行き、茶屋に立ち寄った。

その茶屋の娘に一目ぼれした。

二人が深い仲になるのにそう刻はいらなかった。母親と二人だけの娘も雪之丞を愛してしまった。夜廻りの時、雪之丞は二度、娘の家に泊まっている。

　雪之丞が庭に片膝を突いて頭を下げたが、お末が見ているのに仰天《ぎょうてん》した。王子のことが発覚したと悟った。

「雪之丞ッ、どこの女だッ！」

「はッ！」

「潔《いさぎよ》く答えろ！」

「王子にございます」

「王子稲荷だな？」

「はい……」

「何度会ったッ？」

「二度にございます」

「おのれ、そこに直れッ、叩き斬ってくれるッ！」

　激怒した勘兵衛が立ち上がると、刀架から太刀を握った。その足にお末が飛びついた。

「離せッ！」

　お末が激しく首を振る。

「雪之丞の首を斬るッ、離せ、お末ッ！」

お末は勘兵衛の足に抱きついて激しく首を振るだけだ。

「雪之丞ッ、お奉行さまにお詫《わ》びをいたせッ！」

ほとんど怒ったことのない喜与が雪之丞を叱った。

「ははッ！」

雪之丞が平伏する。

「お末ッ、足を離せッ！」

「お奉行さま……」

「何んだッ！」

「雪之丞を許して……」

「何んだとッ？」

「許してください……」

お末が必死に懇願する。勘兵衛の足をしっかりつかんでいる。

「雪之丞ッ！」

喜与がまた叱った。

「お奉行、申し訳ございません。女とは別れます！」

雪之丞が平伏する。

「お末、その手を放してくれぬか？」

「斬らない？」

「うむ、雪之丞が女と別れるそうだから斬らない。斬った方がいいのか？」

「駄目、斬らないでほしい。このお腹の子が可哀《かわい》そう……」

「そうか、その手を放してくれよ」

「うん……」

お末がニッと笑う。

勘兵衛が座に戻ると、お末が庭に下りて行った。雪之丞の傍に行って顔を覗《のぞ》き込む。雪之丞が泣いている。するとお末も泣き出した。

「行こう……」

「うん……」

二人が勘兵衛と喜与に頭を下げて庭から出て行った。

「お末ちゃんはどうして雪之丞を許すのかしら？」

お幸がおもしろくないというように怒っている。若い娘には許し難い不貞なのだ。

「そうね。どうしてかしらね？」

「雪之丞め、お末ちゃんを泣かせて！」

「お幸、そう怒るな。雪之丞もつらいのよ」

「お奉行さまは、あんな浮気者の雪之丞の肩を持つのですか？」

「そうではないが、王子には狐《きつね》がいるからな？」

「その女は狐ですか？」

「おそらくな。雪之丞は狐に騙《だま》されたのだ。狐の女に惚れたのよ……」

「まあ、気持ち悪い……」

「王子の狐は雪之丞のような色男が好きなのだ。取り憑《つ》かれたら狐だから怖いぞ。あまり悪口は言わない方がいい……」

「斬ってしまえばよかったのです」

「そうもいかん。わしも狐を敵にはしたくないからな……」

「まあ……」

「狐の祟《たた》りは怖いのよ」

喜与がお幸を愕《おどろ》かす、それを見て勘兵衛がニッと笑う。雪之丞が本当に狐と手を切れるのか疑問だ。一度狐に取り憑かれるとなかなか逃げられない。

「お幸も狐に騙されないようにな……」

「大丈夫です」

お幸が勘兵衛に胸を張った。気の強い娘なのだ。怖いものなどないと言いたい顔だ。

その夜、藤九郎が麻布台で辻斬りを斬り捨て、その見廻りの藤九郎、本宮長兵衛、松野喜平次が、番町の辻斬り探索に回った。

番町の辻斬りは神出鬼没で、探すのに苦労している。

木村惣兵衛、林倉之助、朝比奈市兵衛の三人が、見廻り区域を内藤新宿まで広げていた。そんな動きをあざ笑うように、どこに現れるかわからない。

そこに藤九郎たち三人が麻布台を終わらせて、番町の支援に回ってきたのは、大いに心強かった。

北町奉行所は八兵衛事件、三五郎事件、辻斬り事件も一件だが片づいて、少し落ち着いてきた。奉行所の陣容は与力二十五騎、同心百人と決まっている。

それは南町奉行所も同じだ。

そのうち多くは訴訟などを扱う仕事で、江戸城下の見廻りができる人員は半分にも満たなかった。

勘兵衛はそんな訴訟にも携わっている。

殺人的な忙しさだった。

在任中に死去する町奉行が今後続出する。

やがて城下の見廻りにも手が回らなくなり、わずか十五人ほどの同心で江戸の城下を見廻ることになり、盗賊改《とうぞくあらた》めや火付《ひつけ》改めなどが新設されることになる。

それはまだ五十年以上待たなければならない。

南北奉行所は江戸の人口が増えてくると、ご用聞きという目明かしを五百人、そのご用聞きが使う下っ引を三千人も使うようになる。

勘兵衛が北町奉行のまま亡くなるまでの二十年間は、まさに江戸幕府の草創期で、大目付も目付もなく、多くの仕事を町奉行が担っていた。

この後、大名家が改易、取り潰しになると、町奉行の勘兵衛が、五十万石以上の大名の城の明け渡しに、引き取りに行くのだから難儀だ。

兎《と》に角《かく》、江戸町奉行は何んでもしなければならなかった。

そんな勘兵衛が登城すると、老中の青山成重《あおやまなりしげ》と酒井忠利《さかいただとし》に呼ばれた。

「米津殿、上さまが鷹狩《たかが》りに出られることになった」

「はッ、鷹狩りはどちら方面でございましょうか?」

「板橋だ……」

「はい、承知いたしました」

将軍は春の三月、四月には大御所の駿府城に行った。鷹狩りをしながらで、それは軍事訓練でもあった。どのような規模で行うかはその時々による。

獲物が多いのは冬で、鶴《つる》や雁《がん》、脂の乗った鴨《かも》などは実に美味だった。真夏の鷹狩りは珍しい上に、狩場も板橋というのは珍しかった。

実は将軍と言えども側室を置くには、正室が認めた側室でないと置けないというのが決まりになっている。それは大名家の奥が乱れることは問題だからだ。

将軍家の奥が乱れては天下の一大事である。

秀忠の正室は、秀吉が勧めた大阪城の茶々《ちゃちゃ》の妹お江《ごう》だった。お江は秀忠より年上で悋気《りんき》持ちというか、将軍の側室を認めたがらない。秀忠との間には二男五女がいる。

秀忠には側室がいなかったが、好きな女はいた。

それは秀忠の乳母《めのと》大姥《おおうばの》局《つぼね》に仕えている静《しず》という女だった。だが、お江の目がある城中では満足に話しさえできなかった。もちろん城内でお静を抱くことなどできない。

お江に知れたらお静が何をされるかわからなかった。

そこで秀忠は、側近の土井利勝《どいとしかつ》に何んとかするよう命じた。秀忠がお静を好きなことはお静本人と、土井利勝など二、三人の側近しか知らず隠されていた。

お静の命が危ないからだ。

土井利勝は優秀な男で、この年の末には老中に抜擢《ばってき》される。

「上さま、お静さまは宿下がりにて板橋の実家にまいります」

「そうか、余は？」

「上さまには鷹狩りに出ていただきます」

「そうか、それで鷹狩りは何日だ？」

「三日間では？」

「二日？」

秀忠が露骨に不満な顔になった。

「それでは三日で？」

「三日か、仕方ないか……」

「まことに申し訳ございません！」

「良い、お静と会えれば、それで良い……」

「はッ、早速支度をいたしまする」

将軍と言えども女一人を思うままにできない。やがて大奥という女三千人の化け物が育つことになる。

勘兵衛たち奉行所からも警備の人数が出たが数は少ない。

将軍は大番組の旗本に守られて、江戸城から中山道に出て、板橋に鷹狩りに向かった。その頃、お静は密《ひそ》かに実家の板橋の大工の家に戻っていた。

そのお静は、誰もが振り向くような美人で聡明な女だった。

将軍秀忠は鷹狩りをいい加減にして、土井利勝たち数人の側近に守られ、その側近たちの兵が警戒する中を、休息の名目でお静の家に入った。

隠密行動だ。

「上さま……」

「お静、会いたかったぞ……」

「はい……」

家の中には人の気配がない。お静の親たちも遠ざけられていた。秀忠が夢見たお静と二人だけの刻だ。夜になっても灯りが漏《も》れることがなく、お静の母親一人が、二人の世話をするため呼び入れられた。

隣室には土井たち側近が詰めている。

大工の家は二重三重に囲まれ、まさに蟻《あり》一匹入り込めない厳重さだ。

秀忠もお静も姿を現さない。

静かな家の中では物音一つしなかった。お静は秀忠が愛したただ一人の女である。

秀忠は十二歳の時、秀吉の養女で織田信雄《のぶかつ》の長女小姫《おひめ》六歳と結婚した。だが、小姫は翌年に亡くなってしまう。

その四年後に、秀吉はお江を秀忠の継室にした。

秀忠は十七歳、お江は二十三歳だった。小姫もお江も、秀吉が家康との政略で勧めてきた女たちだった。

家康の三男に生まれ、何一つ自分の思うままにならない立場で育った秀忠が、自分の意志で愛したお静と思いを遂げたのだ。

この時だけが秀忠らしい秀忠だったのかもしれない。

二人だけの愛でお静は懐妊する。

それからの秀忠とお静は、お江に知られまいと涙ぐましい努力をすることになる。天下にただ一人の将軍の人間らしい滑稽《こっけい》さだ。

お静と思いを遂げた秀忠は、獲物の少ない鷹狩りから帰還する。その前で将軍の馬が止まった。

勘兵衛は、宇三郎たちと道に出て将軍を迎えた。顔を上げると将軍が笑っていた。

「勘兵衛、兎《うさぎ》を一羽やろう。肴にせい！」

「はッ、有り難き幸せに存じまする！」

将軍から獲物の兎が一羽下賜《かし》された。冬のように多い獲物ではない中からの一羽である。

大御所によって北町奉行に抜擢された勘兵衛が、江戸の治安に並々ならぬ苦労をしていることを将軍はわかっていた。

秀忠の使番をしていたのだから勘兵衛をよく知っている。

町奉行になってからも、時々城内で呼ばれることがあった。将軍からのご下問があれば勘兵衛は誠実に答えてきた。

第十六章　勾引《かどわか》し

北町奉行所の仕事は、数々の訴訟と大小の事件で日々忙しい。

夜が明けると、大きくなっている江戸の城下には、恐ろしいほどの人々が集まり、下町が東へ東へと広がっている。

その速さは目を見張るものがあった。

江戸は海に近く、水に恵まれ、水路さえ開削《かいさく》すればどこまでも舟で入れる。家康は水運を張り巡らせた城下を作ろうとしている。

舟には少ない人数で大量の物資を運べる利点があった。

重い米が経済の中心で、それを大量に移動させることは困難を極めた。北国の米が海路で大阪に運ばれる時代が近くまで来ていた。

江戸の増加する人口を食わせる米は半端ではない。

一人一日五合などと計算されたようだが、実際にはそんなには食えないだろう。一年生きるのに一人一石などともいわれた。百万石あれば百万人が生きられた。その一石は二俵半から三俵近くになる。

銭がなくても米があれば何んでも買える時代だ。米櫃《こめびつ》に米のないことが一番不安なことで、米さえあれば銭がなくても何んとかなった。その重い米を舟で運べれば、米より軽いものならどんな物でも舟に載せることができる。

何んでもかんでも米が基準の世の中だ。

それがやがて銭がものをいう時代に変貌する。

小判などはと大口をたたくこと甚《はなはだ》しい時代に突入する。一両で一石などと大見得《みえ》を切っていたが、幕府が倒れる頃には一石で十一両などと、一両の価値がガタ落ちになる。

実に恐ろしきは米なり。

秋になると新米が大量に江戸へ入ってくる。米の有難みが身に染みる季節だ。

お文の舟月でも、新米のフカフカ飯にたまり汁で溶いたとろろをぶっかけて、ガツガツ食うなんざあ、江戸っ子の醍醐味《だいごみ》だぜ、などと啖呵《たんか》の一つもきりたくなる。

飯が美味い。

奉行所の与力、同心は、徳川家の直参《じきさん》の足軽大将と足軽だったため、奉行のように知行地は与えられず、幕府から切米《きりまい》とか蔵米という俸禄を支給される。

年に三回、二月、五月、十月で、与力の場合は十月に百石、二月に五十石、五月に五十石で合計二百石である。同心の三十俵二人扶持は一人扶持五俵だから四十俵で、十月に二十俵、二月に十俵、五月に十俵である。

例えば雪之丞の場合、妻お末と父母孝兵衛《こうべえ》と幸乃《ゆきの》の四人で、食い扶持が一人二俵半として十俵を残し、残り三十俵は札差に頼んで銭に換える。一石一両で十二両になる。

月に一両しか使えない。一日三十三文しか使えない。大工の日当が三百五十文ほどだから同心雪之丞の生活はそこそこである。

そのため、勘兵衛はあちこちから脅し取った奉行所の小判を、盆と暮れになると同心たちに付け届けをした。

通常、付け届けは、低い方から高い方へというのが当たり前だが、勘兵衛は逆で、町奉行の役料千俵も、内与力の俸禄や、与力、同心の褒美などに消えてしまう。

足が出てしまうと、怖い家老の林田郁右衛門に渋い顔で勘兵衛は小言《こごと》を言われる。五千石の知行では余裕はなかった。

雪之丞もお末が子を産んだら苦しくなるかもしれない。フラフラ浮気などしている時ではないのだが、王子の狐は初心《うぶ》でいい女だったのである。

ちなみに幕府の一俵は三斗五升、加賀藩《かがはん》の一俵は五斗であった。

この頃、番町の辻斬りも藤九郎に斬り捨てられ、辻斬り問題は一旦決着したが、この辻斬りというのは、いつ新手が現れるかわからず厄介だった。

無防備なところを狙うため必ず犠牲者が出た。

辻斬りは金品を奪うこともあるが、腕試しや切れ味試しが多く、懐《ふところ》に銭がそのまま入っていることも多くいっそう悲惨だった。

辻斬りは斬り捨ててしまえ、という勘兵衛の方針は変わらない。

捕まえて、旗本や大名の馬鹿息子だったりすると、ごたごたがつきもので始末に困るのだ。奉行所のためにも、旗本や大名家のためにも、斬り捨ててきれいさっぱり病死にした方が恨みつらみがない。

旗本や大名が馬鹿者のために、改易にでもなったら目も当てられない。何十人、何百人という家臣が路頭に迷うことになる。

勘兵衛はそれを嫌った。

斬り捨てるとは穏やかでないようだが、辻斬りに関しては、それが一番穏便な解決方法だと勘兵衛は思っている。幕府に咎《とが》められてからでは手遅れになる。

そんな時、舟月のお文が職人を連れて奉行所に現れた。

「今、お米が一番おいしい時で、とろろをお奉行さまの奥方さまにご賞味いただきたいのでございます」

気の利かない金之助と違って、お文は誰からも好かれる気の回る女だった。

「まあ、わざわざありがとう……」

喜与とお幸はおおよろこびだ。二人は外に出ることがほとんどない。米津勘兵衛の妻として悪党から狙われないとも限らない。

勘兵衛は悪党から見れば、八つ裂きにしても飽き足らない男なのだ。その奥方がフラフラ出歩くことはできない。

「お文、わしの分はあるのか？」

「はい……」

お文は奉行所から出られない喜与やお幸、宇三郎の妻志乃、藤九郎の妻登勢、文左衛門の妻滝など、女たちに食べてもらいたいのだ。

三人の妻たちは奉行所に現れることは滅多になく、お文は三人の役宅の長屋に「夕餉にどうぞ……」と届けた。

お幸が大喜びでお文に馳走《ちそう》になった。

勘兵衛も二度目で、お文の機転に大いに満足、喜与も太らないかしらなどと言いながら三杯も食べてしまった。

「まあ、何んとはしたないことを……」

などと照れ隠しを言う。

ところがこの日、大事件が勃発する。

お文が店を空け、お文の父親が目を離した隙に、金之助とお文の間にできた幼い菊之助《きくのすけ》が行方不明になった。

「菊坊ーッ……」

「菊之助ーッ、どこだあーッ……」

舟月が大騒ぎで探しているところに、お文が奉行所から戻った。話を聞いたお文がその場に倒れそうになった。二人目の女の子を産んだばかりだ。

「お文を中に運べ！」

あっちもこっちも大騒ぎだ。そこに金之助が帰ってきた。西の空が赤くなり始めている。

「勾引《かどわか》しかッ？」

「わからねえ、そこで遊んでいたんだ……」

お文の父親もおろおろするばかりで要領がはっきりしない。

「誰も見ていないのか？」

「見ていたんだが、その……」

「ここで騒いでいても仕方ない。兎《と》に角《かく》、中に入ろう」

探しに出ていた者たちが戻ってくる。

「みんな、落ち着け、勾引しなら菊之助は幼い、腹も空《す》く頃だから何か言ってくる。それがない時はこの近くだ。溝や川を探せ！」

もう一度探すため店の者が外に出て行った。菊之助がいなくなってまだ半刻も経《た》っていない。お文が起きてきて、金之助の膝にすがって泣き叫ぶ。

「お願いだから、菊之助を助けて、お願いだ……」

「うむ、大丈夫だ。何んとかする！」

「菊之助が可哀そうだ。助けて……」

「くそッ！」

金之助は握りこぶしで我慢している。必ず何か動きがあるはずだ。

「誰か、奉行所に走ってくれ……」

状況から勾引しの公算が高いと金之助は判断した。ここは北町奉行所の同心として、冷静に対応しなければならない。

金之助は泣いているお文を抱きかかえて落ち着こうとしていた。

舟月のような小店の子を勾引してもさほどの銭にはならない。それぐらいは誰でもわかるのに、どうして菊之助を狙ったのか金之助は考える。

狙いは舟月ではなく自分かもしれないと思うが、恨みを買うような格別なことはこれまでなかった。

「お文、この家に大金はあるか？」

「大金……」

お文はそんなものあるわけないと首を振った。不安なお文は金之助に抱きついてくる。

「菊之助……」

名を呼んでまたお文が泣き出す。

菊之助がいなくなって半刻が過ぎた頃、表の障子戸から石を包んだ紙片が投げ込まれた。

金之助がお文を振り切って表に飛び出した。

もう暗くなった路上に人影はない。

店に戻ると、お文が紙片を広げて灯りにかざして読んでいる。

「どうした？」

「菊之助……」

お文が力なく紙片を金之助に渡す。そこには「子供を返してほしければ、不忍池の北側の原っぱに、お文が一人で百両持って来い」と書いてあった。

刻限はない。早くしろという意味だろう。

そこは、七郎が白雀《しろすずめ》のお市《いち》と対決した場所だ。

「百両か……」

そんな大金を金之助もお文も持っていない。

「どうして百両なの……」

お文が怒ったように言う。

二人が考え込んでいると、半左衛門と文左衛門、倉田甚四郎、林倉之助、朝比奈市兵衛、池田三郎太、大場雪之丞らが駆け込んできた。

「金之助ッ、子どもは無事なのかッ？」

　半左衛門が聞くと金之助が勾引しの紙片を渡した。一読して事態を理解する。紙片が文左衛門に渡った。

「百両か、大金だな？」

「長野さま、そんな大金、用意できません……」

　同心が百両もの大金を持っているはずがない。舟月のとろろ飯が売れているとはいえ百両はやはり大金だ。

　お文も頭を抱えている。

　その時、店の隅《すみ》でひっそりしていたお文の父親が立って奥に消えた。親父は百両と聞いて菊之助が勾引された理由がわかった。だが、百両の話をした記憶がない。酔った時に口を滑らしたのを聞かれたのかと思う。

　手に革袋を下げて戻ってきた。

「お文、これを持って行け……」

「父さん？」

「コツコツ貯《た》めてきた百両だ。これで菊之助を取り返してこい……」

　金之助が呆然《ぼうぜん》と親父を見ている。

「親父さん……」

「うむ、お文を頼む。早く行ってくれ……」

親父はお文に革袋を渡すと奥に消えた。

どこかでこの百両の話を聞いた者がいることは間違いないと思う。

一気に事態が動いた。

半左衛門が命じた。

「お文、あの原っぱには上野の山側から行ってくれ、お文の後ろ半町ほど離れて、わしと金之助、三郎太、雪之丞の四人が行く、残りの四人は、池の西側から原っぱの北側に回って逃げ道を塞《ふさ》げ……」

「わかりました。それでは先にまいります」

文左衛門、甚四郎、倉之助、市兵衛の剣客四人が先に舟月を飛び出した。

「お文、行くぞ。慌てるなよ。まず菊之助の無事を確かめろ……」

「はい……」

「革袋と菊之助の交換だ。必ず、取り戻せ……」

「はい！」

五人が外に出ると、お文を守って上野に急いだ。既に、文左衛門たちは見えなくなっている。星明かりがあって足元は見えた。

文左衛門たちは急ぎに急いで池の西側を回り込んで、一人ひとり気づかれないように北に向かった。

少しずつ池の近くに茶屋が増えている。

その灯りがキラキラと池の水に溶けていた。灯りのない怪しげな茶屋もある。

原っぱに人がいるのを最初に文左衛門が確認した。遠くて何人なのか、菊之助がいるのかまでは確認できない。

草むらに身を隠しながら、文左衛門が十間（約一八メートル）ほどにまで接近した。

人数は五人、笠《かさ》をかぶって顔を隠している。菊之助がいる。

池の灯りを見ているのか、菊之助は泣いていなかった。まだ幼くて何が起きているのかわからないのかもしれない。

上野山の麓《ふもと》を見ていると、白っぽい着物の人影が現れ、草むらに消えたり現れたり、ゆっくり原っぱに近づいてくるのが見えた。

お文だと思う。

その後ろには半左衛門がいるはずだが見えない。

お文も勾引し犯も、双方が存在を確認しているはずだ。お文の歩調がいっそうゆっくりになった。半左衛門が後ろにいて指示しているはずだ。

文左衛門が静かに間合いを詰めた。

「お文、そこで止まれ、百両は持ってきたか？」

「ここにあります。菊之助を返せ！」

「いいだろう。小僧を連れてその百両をもらいに行く……」

男が一人、菊之助を歩かせてお文に近づいて行った。

「菊之助！」

「うん……」

「寄るなッ、こっちから行く！」

男は冷静だ。お文は菊之助に駆け寄って抱きしめたい。

「その袋をこっちに渡せ！」

「菊之助を……」

「百両を確かめてから渡す！」

お文が革袋を男に渡した。男は重さを確かめ、袋の口を開けて何枚か小判を取り出した。

「間違いないな……」

男が菊之助を押し出すと、つまずいて菊之助が転んだ。

「菊之助！」

お文がわが子を抱きかかえた。無事だと思うと腰が抜ける。

「しっこ……」

菊之助は小便をしたい。この期に及んで泣かない大人物だ。

「うん、いいよ……」

男が素早く逃げると半左衛門が飛び出して追う。金之助が菊之助とお文を抱きかかえた。三郎太と雪之丞も走る。

「逃げろッ！」

五人が北に逃げようとした。

そこに文左衛門が立ちはだかり、なお逃げようとすると倉田甚四郎、林倉之助が草むらから出てきた。

最後に朝比奈市兵衛が太刀を抜きながら現れた。

「うぬら、逃げられないぞ！」

「うるさいッ、皆殺しだ。やっちまえッ！」

後ろから半左衛門たち三人が追いついた。五対七の有利な戦いになった。この浪人たちは斬り捨てた方がいいと半左衛門が判断した。

どんな理由があろうとも、幼い子どもを勾引して、百両も強奪しようとは質《たち》が悪過ぎる。

「北町奉行所だ。神妙にしろ！」

「うるさいッ！」

「仕方ない、話の分かる者たちではないな、斬ってしまえ！」

たちまち戦いになった。

半左衛門が成り行きを見ている。

宇三郎たち四人は強い。半端な腕では相手にならない。

勾引し犯五人は宇三郎や甚四郎たちに次々と斬られ、三郎太と雪之丞が二人で一人を斬り倒した。

菊之助と百両は取り戻された。

生きた心地のしないお文の父親は、仏壇に蠟燭《ろうそく》を灯《とも》して菊之助の無事を祈っている。そこに「爺ッ！」と叫んで菊之助が戻ってきた。

菊之助が部屋に入ってくると、大好きな爺に飛びついた。

「良かった、良かった……」

「うん……」

泣いている爺の顔を不思議そうに見る。

「泣くな……」

「うん、そうだな……」

「爺、キラキラ……」

「うむ？」

菊之助は不忍池のキラキラが不思議だったのだ。

第十七章　旗本の息子

十月九日、正午午《うま》の刻（午前一一時～午後一時）、駿府城の台所から出火した。

なぜか駿府城は火事が多い。

この年、江戸城の天守より大きな、巨大天守閣が完成したばかりだった。

「火事だッ！」

駿府城が昼火事に大混乱に陥《おちい》った。

「大御所さまッ、お逃げくださいッ！」

怒号が飛び交い、駿府城が一気に騒然となった。再建したばかりの城に火が付いた。

「消せないのか！」

「火の回りが速く、無理にございますッ！」

「そうか！」

大御所家康は、いち早く本丸御殿から飛び出すしかない。凄《すさ》まじい黒煙が二の丸の方に向かっている。

「風下は阿茶《あちゃ》の部屋だぞ！」

「探してまいりますッ！」

家康の近習《きんじゅ》たちが阿茶局《つぼね》を探しに向かった。

阿茶局は家康の側室で五十六歳になるが、実に聡明で、家康の側室の中では才色兼備で家康の信頼が厚い。

今川《いまがわ》家の家臣の娘で須和《すわ》と言い、後家《ごけ》だった。

後家好きの家康がこよなく愛し、戦場にも連れて歩くほどだった。

一度、家康の子を懐妊したが流産した。その後は西郷局《さいごうのつぼね》が亡くなると、三男秀忠を養育してきた。

家康は奥向きのことは今でも阿茶局に任せている。

「二の丸に延焼するな？」

家康は立ち上る黒煙をにらんでいた。

侍女たちに助けられ、阿茶局は部屋から逃げて庭の植木の陰に隠れていた。煙が凄まじく逃げられなくなっていた。

「阿茶の方さまッ！」

家康の近習たちが駆け寄った。

「大御所さまは？」

「ご無事にございます。阿茶の方さまをお助けするようにと……」

「お待ちなのか？」

「はい、本丸の庭におられます！」

「そうか……」

阿茶の方がシャキッと立って歩き始める。

「大御所さまをお待たせしてはならぬ。急げ！」

家康の近習たちと侍女《じじょ》たちを引き連れて、火事など怖くないぞという顔で歩いていく。

「阿茶、怪我《けが》はないか？」

「はい、お陰さまで、大御所さまもご無事で……」

「うむ、わしは風上の本丸にいたから煙も吸わなかった」

「ようございました……」

「台所だそうだな？」

「はい、そのようでございます」

「二の丸に火が入ったな？」

「風下には火が速いようでございます」

家康と阿茶局が火事見物をしていると、本多正純など重臣たちが続々と集まってきた。

「すぐ火元を調べます」

「正純、この火事は誤っての失火だぞ」

「はッ！」

家康が厳しくするなという。昼火事で台所に放火したとも思えなかったからだ。

燃え上がった炎は阿茶の部屋や二の丸を焼いた。ところがこの火災も放火だったと噂《うわさ》が広がる。

暮れになって、彦野文左衛門の妻お滝の懐妊がわかった。

相変わらず何もできないお滝と、預けられているお元が大騒ぎだ。明日にも子が生まれるのではないかと慌てている。

「お元、どうすればいい？」

「どうすればって？」

「鬼屋に戻って産むの……」

「お武家さまはそんなことできますか？」

「駄目なの？」

「わかりません……」

「一緒に鬼屋へ帰ろう」

「そんなことできません。幾松さんがいますから……」

「そうか、幾松か……」

お滝は鬼屋に戻って子を産みたいようなのだ。そんなお滝に、お元はついていくことができない。約束違反になる。かといって文左衛門と二人はもっと駄目だ。

二人はそんなことばかり話している。

このところ、大きな事件がなく、奉行所は見廻《みまわ》りが中心になっているが、暮れが近くなって城下の見廻りが厳重になっていた。

暮れにはなぜか大きな事件が多いのだ。

大店《おおだな》などには、暮れになると大金が集まるからだと思われる。貸金が暮れには支払われてくるのだ。新年は新たな気分でということだろう。

そんな暮れが押し詰まって、今度は望月宇三郎の妻お志乃の懐妊がわかった。

こういうことはうつるようで、お滝からお志乃にうつってきた。

念願のお志乃の懐妊だ。

勘兵衛はこうめでたいことが続くと、雪が降るぞなどと言っていたが、本当に正月を前に五寸（約一五センチ）もの大雪になった。

「変なことを言うからです」

寒がりの喜与が勘兵衛を怒っている。お幸も寒い、寒いと口癖だ。こういう時は見廻りの足も鈍くなって、奉行所の道場が人気になる。

雪の中で慶長十六年（一六一一）の年が明けた。

正月になると、将軍秀忠がそわそわと落ち着かなくなった。

「利勝、お静を見たか？」

「はい、拝見いたしましたが……」

「どうだ。大きくなったと思わぬか？」

「お静さまに、そのようには感じませんでしたが……」

土井利勝が首を振る。

「どこを見ているのだ。ここの帯のあたりが少し膨《ふく》れてきたぞ」

「そうでございますか?」

「暢気《のんき》なことを言いおって、どこで子を産ませるつもりだ?」

秀忠はお静にできた子が気になって仕方がない。もう腹が膨れてきたと気が気でない。それはお江に発覚しないかということだ。

「上さま、お静さまの産所は考えてございます」

「うむ、どこだ?」

「神田でございます」

「か、神田?」

「はい……」

「城下の神田か?」

「はい、神田白銀《しろがね》町にお静さまの姉が嫁いでおられます。確か竹村《たけむら》とか……」

「神田では近すぎないか。城からすぐではないか?」

「上さま、そう遠くではかえって目が届かないかと思うのですが……」

「そうか、少々不安だがな」

「その後のことも考えてございます。まずは産んでいただくことがなによりも大切にて……」

「して、いっその竹村とかに移らせる？」

「来月にも……」

「大丈夫か？」

秀忠は、なんとしてもお静をお江から守らなければならない。発覚すれば密《ひそ》かにお静が殺されかねないのだ。お江はそれぐらいのことはする女だと思う。

「利勝、その竹村の警戒はどうする？」

「大袈裟《おおげさ》にすればかえって目立ちます。伊賀者《いがもの》を使おうかとも考えましたが、むしろ、何もしない方が、どこにも見知られず安心かと思います」

「大丈夫か？」

「お静さまの懐妊を知っているのは、上さまの他には三人しかおりません。大姥局さまも知らないことですから……」

「わかった……」

秀忠が神田白銀町でいいと了承した。

その頃、鬼屋では万蔵の嫁が決まりかけていた。

三河の鬼屋の分家の娘で、まだ十四歳と幼かった。正月の挨拶を名目に、その娘は江戸へ出てきていた。

万蔵に女遊びを止《や》めさせ、身を固めさせようという長五郎の考えで決まった話だ。

一族の娘で、万蔵も断れないと決めつけて江戸に呼び寄せた。

断れば長五郎の顔に泥を塗ることになる。

周囲には十四歳では幼過ぎて、万蔵が馴染《なじ》めないのではないかと、危惧《きぐ》する向きもあったが、長五郎が早いほうがいいと決めた。

ところが案ずるより産むが易《やす》しで、万蔵がお京《きょう》という幼妻を気に入ったのだ。

人形みたいな娘で、何も喋《しゃべ》らず万蔵を微笑《ほほえ》んで見ている。

万蔵が首を縦《たて》に振ったので祝言がすぐ決まって、鬼屋は正月と祝言が一緒という大混雑になった。ホッとしているのが、万蔵とお元を争っていた幾松だ。

幾松は妙にはしゃいでいる。

だが、長五郎は厳しく、幾松とお元が一緒になる話はまったく進んでいない。

許しが出ないため相変わらずの縁日で、幾松は五のつく日に、奉行所のお元観音を拝《おが》みに行くのだった。

その奉行所が、この頃非常に困っているのは、例の馬借《ばしゃく》の三五郎が喧嘩《けんか》をした旗本の若者たちである。

　武家を取り締まる大目付や目付がないため、やりたい放題の無頼《ぶらい》同然で、五、六人の徒党を組んで悪さをするため厄介《やっかい》だった。

　町奉行所の取り締まりに従わないばかりか、見廻りの同心に喧嘩を吹っ掛ける。二人組の見廻りが大勢の無頼に囲まれて逃げるしかない。

　それは無頼たちが旗本の息子たちで、足軽から同心になった者たちを見下しているからだ。

　不浄《ふじょう》役人などと軽蔑《けいべつ》した名が生まれた。

　罪人などを扱う役人は不浄だという意味だが、無役《むやく》で何もせず、旗本の名だけで無駄飯を食っている無頼の方が、よっぽど不浄だ。

　こういう旗本の次男三男を冷や飯食いとか厄介者という。

　乱世であれば十五、六歳で戦場に出るが、泰平の世にはそんなこともなく、若い力のはけ口がない。

　剣術道場にでも通えばいいが、こういう連中は長続きしない物臭《ものぐさ》で無精《ぶしょう》と決まっている。

　昼から酒を飲み、女の尻を追い回す。満足な小遣いももらえない身分で、刀の鞘《さや》に触れたなどと言いがかりをつけて強請《ゆす》りたかりをする。

道を歩けば人々が道端に逃げる。

「おい、女、いい尻をしているな。われらに酌《しゃく》をせい！」

などと若い女に絡みつく馬鹿者たちだ。

どこに行っても鼻つまみ者で、安酒を食らって悪酔いをしてフラフラ歩く。気に入らないことがあると、すぐ刀を抜くから始末が悪い。

抗《あらが》う力のない商家や町人は、酒代を出して難から逃れるしかない。

そんな連中がはびこり出している。

中には同じ派手な羽織を作って着たり、刀の拵《こしら》えを同じに揃《そろ》えてみたり、ひどいのになると二の腕に同じ刺青《いれずみ》をして威勢を鼓《こ》舞《ぶ》したり、無頼を通り越して馬鹿としか言いようのない者が出てきた。

それでも大身旗本の長男となれば、親の威光で身分は保証されるが、次男、三男の未来は暗い。

例えばある旗本五千石に息子が三人いるから、兄に三千石で弟二人に千石ずつ分け与える、などということはできない仕組みなのだ。

それは五千石が大勢の家臣の俸禄になっていて、それを分けることは困難であり、できないからだ。

従って、次男、三男は勲功《くんこう》を上げて幕府から知行をしてもらうか、男子の世継ぎがいない旗本家や大名家に婿入りすることぐらいしかない。

そのためには父親が幕府の重臣と親しいとか、本人が非常に聡明で、求められるような人材だとか、ことに家康の血縁につながっていることが非常に重要だった。

だが、そういう幸運は滅多にない。

そんな鬱屈した気持ちが、旗本の息子たちに広がっていた。その一部の若者が町場に出てくると、解放気分で無頼に変化する。

どのように身を処せばいいか、武家の心得を学べない愚か者だ。

そんな中で事件が起きた。

日本橋で昼から酒を飲んで酔っている無頼若者が、買い物にでも出てきたのか、武家の娘とその侍女に絡んだ。

「おい、わしらの酒の相手をしてくれぬか……」

五人組の一人が娘に絡みついた。

「無礼な！」

腕をつかまれそうになって娘が払い除《の》けた。

「小癪《こしゃく》な……」

「無礼をするなッ！」

侍女が間に入って娘を守る。ピシッと侍女の頬《ほお》に平手が飛んで、女が崩れ落ちた。

「何をするかッ！」

気の強い武家の娘だ。帯の懐剣《かいけん》を握った。

「ほう、抜くのか……」

「おもしろい、抜いてみろ、抜きやがれッ！」

男たちが娘に凄《すご》んだ。娘は懐剣を握ったまま道端で踏ん張っている。

「おいッ！」

「止めろッ、止めろッ！」

見廻り中の村上金之助と大場雪之丞が走ってきた。野次馬が二、三十人も集まっている。

「待て、待て、乱暴はいかん……」

金之助と雪之丞が間に入った。

「何《な》んだ！」

「北町奉行所だ。女に乱暴はするな……」

「不浄役人、すっこんでろッ！」

「そうはいかん！」

「うるさいッ、邪魔するなッ！」

いきなり酔っぱらった男が折《お》れ弓《ゆみ》を振り上げた。その手を雪之丞がつかんでもみ合いになった。

「この野郎ッ！」

傍《そば》の男が怒って太刀を抜いた。雪之丞と金之助が商家の軒下まで下がる。

「おいッ、酔っぱらった旗本の馬鹿息子ども、いい加減にしないかッ！」

首に破れ笠《がさ》を下げ、木刀を背負った、背丈が五尺七、八寸（約一七一〜一七四センチ）はある大きな男が、野次馬の間から出てきた。

「何んだッ！」

「わからんのか、喧嘩の仲裁だ！」

「うるさいッ、すっこんでいやがれッ！」

「そうはいかんな。役人も娘さんも困っている。助けたいのだ。刀を納めてくれないか?」

「ふざけるなッ!」

「頭の悪い男だ。痛い目に合わないとわからぬか?」

「やっちまえッ!」

もう一人が刀を抜いた。するともう一人も続いて抜いた。

「馬鹿者が……」

髭面《ひげづら》だがまだ若い浪人だ。木刀を担いだまま間合いを二間ほどに詰めた。

「この野郎ッ!」

上段に上がった太刀が浪人を襲った。その太刀を木刀で左に弾《はじ》いて、相手の左肩にボキッと木刀が打ち込まれた。骨が折れた。

男がもがきながら雪之丞の足元に転がる。

もう一人が浪人に突進、横一文字に斬りつけてきた。その刀を木刀がキーンッと砕《くだ》き折った。同時に、木刀が相手の右小手に入ってポキッと折った。

「やるな……」

「いい加減にしないか?」

「ふん、いい相手だ。腕試しになる……」

「叩き斬ってやる！」

三人が太刀を抜いて浪人を取り囲んだ。前の二人とは腕が違いそうだ。

三方に目を配り、三人の動きと間合いを冷静に見ている。

着物も袴《はかま》も継ぎはぎの浪人で髭面だが、佇《たたず》まいが涼《すず》やかだ。

正面の男が強そうだ。

浪人が正面を向いたまま右の男との間合いを詰めた。後ろに下がろうとする男を、商家の軒下に追い詰めて喉《のど》に突きを入れた。

そこに左の男が刀を上段に上げて突っ込んできた。

浪人は身を沈めると男の左二の腕をボキッと折った。男は顔から商家の戸に突っ込んで、鼻血で血だらけになった。

よほど剣に自信があるのか、最後の男は剣を下げたまま構えを取らずに見ている。

「やるな……」

「まだやるか？」

「やる……」

「仕方ない。剣でお相手いたそう！」

カランと木刀を地面に置いて、鯉口《こいぐち》を切ると柄《つか》を握りゆっくり抜いた。

身幅のある剛刀だ。

「もう一度聞く、止める気はないか？」

「ない……」

「斬るぞ！」

「ご随意に……」

無頼な若者も浪人も相当の腕だ。

商家の軒下で金之助と雪之丞、武家の娘と、ひっぱたかれて鼻血を流した侍女が凝視している。野次馬も息を飲んで二人を見ていた。

刀を肩に乗せて、中段に構えた浪人を見下すように左に回る。

浪人の隙《すき》を狙う。

無頼な若者はいい腕を持ちながら、どんな事情かその力を持て余した愚か者だ。

その男の動きが止まった。

浪人との間合いを詰めると、一足一刀の間合いから剣を振り下ろした。それをシャリッと擦り合わせて浪人が体を寄せた。グイッと男を押した。

離れ際、シャーッと浪人の刀が男の左胴から右肩に斬り抜いた。

凄まじい血が噴き出して男が道端に転がった。

娘が両手で顔を覆っていた。

「お見事ッ！」

金之助が叫んだ。

「いいぞッ、浪人ッ！」

野次馬からも声が飛んだ。

「お役人、後をお願いする……」

懐から布を出して刀を拭いて鞘に納め、木刀を拾い上げるとさっさと歩き出した。その後を娘の侍女が追おうとしたが、雪之丞がさっと走って行った。

「ご浪人、北町奉行所まで同道願いたい」

「お取り調べか？」

浪人が歩きながら聞く。

「それもあるが、お奉行に会ってもらいたい」

「北町は米津さまだったな？」

「いかにも……」

「人を斬ったのだから、取り調べは仕方ないな？」

一町ほど歩いて浪人が立ち止まった。

「お急ぎか？」

「いや、見ての通りの浪人だ。行く当てもない無宿だ。お奉行所にまいろう」

雪之丞と浪人が歩き出す。

斬り合いの現場には金之助が残ったが、一刻もしないうちに武家たちが次々と繰り出してきて、大怪我をした男たち四人と死んだ一人を引き取って行った。

金之助は心得ていて、武家には何も聞かない。どこの家の者かもわからない。聞かれれば「喧嘩でござるよ。相手は浪人で誰なのかわからない」ととぼける。

こういう馬鹿者が出ると武家の恥なのだ。

第十八章　二丁町《にちょう》

雪之丞に連れられた浪人が奉行所の砂利敷に入れられた。

勘兵衛は雪之丞の話を聞いて興味を持った。雪之丞は王子の狐の一件以来、お幸に無視され、お奉行の前に出るのが恐ろしいのだ。

王子の愛しい狐とは、お奉行に叱《しか》られてから会っていない。

「半左衛門、その浪人をどう思う？」

「好漢《こうかん》かと思います」

「宇三郎、会ってみるか？」

「はい、おもしろい男のように思われますので……」

「そうか……」

勘兵衛が宇三郎と半左衛門を連れて公事場《くじば》に出て行った。

「名は何んという？」

「高田弦之助《たかだげんのすけ》と申します。旧主はご勘弁願います」

「京の周辺だな？」

「お分かりになりますか……」

「言葉がな。幾つになる？」

「二十七に相成ります」

「そなたが無宿と言ったので砂利敷に入れたようだ」

「結構でございます。無宿に間違いございませんので……」

「どこか、旅籠《はたご》に？」

「はい、木賃などを探すつもりでおります」

「仕事は？」

「日雇いの力仕事から、日に百五十文にもなれば有り難く……」

「そうか、剣ができれば用心棒など仕事はあろう？」

「はい、ただ、いい仕事は無宿では無理にございます。それにいい仕事は体がなまりますので、力仕事がちょうどいいかと思っております」

「なるほどな……」

「江戸はいくらでも仕事があると聞きました」

「うむ、わしの知っている安い宿があるが？」

「お奉行さまのご紹介とは有り難い。文無しですので安いところをお願いいたします」

愉快そうにニッと笑う。

若いがなかなかの男だと思う。勘兵衛は気に入った。

「どうだ。一度、奉行所の道場に来て剣を見せてくれないか？」

道場に招くのは、膳所《ぜぜ》一之進以来の剣客だ。

「畏《かしこ》まりました。ところで、お取り調べの方は？」

「それはこのわしの役目だ」

半左衛門が弦之助をにらんだ。髭面が頭を下げる。

「半左衛門、調べが終わったら直助の商人宿《あきんどやど》へ連れて行け……」

「承知いたしました」

勘兵衛は筵《むしろ》の上の破れ笠と木刀、それに重そうな太刀を見た。この剣を使うなら相当なものだとわかる。

座を立つと宇三郎が続いた。

「見たか、あの刀を？」

「はい、戦場往来の剛刀にて、生半《なまなか》な腕では扱えない代物にございます。あの木刀も通常よりは五寸以上長く太く重いようです」

「それにしても若いな……」

「親からの浪人かと思われますが？」

「そうだな。あのような好漢がいるから世の中はおもしろいのだ」

「はい、主家はどこだったのか……」

「いずれわかるだろう」

半左衛門は簡単な調べをしただけで高田弦之助を放免、雪之丞が上野不忍の直助の商人宿に連れて行った。

「ここか、大場殿、少し傾いているようだな。わしにはちょうどいいわ」

商人宿は傾いてなどいないが、あまりに古いので弦之助がそう言ったのだ。

「確かに、傾いているか？」

雪之丞が同意してニッと笑った。

その翌日、奉行所に大身旗本若林隼人正《わかばやしはやとのしょう》五千五百石の用人、長岡伝七郎《ながおかでんしちろう》が現れた。

「お奉行さまにお尋《たず》ねしたいことがございまして伺いました」

「どのようなことでござろうか？」

「昨日の日本橋での斬り合いで、助けていただいたのが当家の咲姫《さきひめ》さまにございます。お礼も申し上げず失礼をしたと……」

長岡伝七郎が来訪の理由を言った。

「こちらのお役人とご浪人だったと姫から聞きましてございます」

「当方の役人は仕事だが、浪人は一人斬りましたので取り調べをしました」

「なるほど、それでどのように？」

「なんの落ち度もないゆえ、即刻、放免にしましたが……」

「して、その浪人の名はお分かりで？」

「なぜ、そのようなことを聞かれるのか？」

「これは失礼を、すべてをお話し申し上げますので、お奉行さまのご理解を賜《たまわ》りたく存じます」

長岡伝七郎は丁重だ。

「お聞きいたしましょう」

「実は、若林家には後嗣《あとつぎ》がおりません。咲姫さまが一人娘で婿《むこ》を迎えたいと思うのですが、これがなかなか決まりません。姫さまが首を縦に振りませんので困っております」

「なるほど、なかなかの姫さまのようで？」

「はい、少々やんちゃにございます」

「お幾つか？」

「十六歳にございます。その姫が例の髭面の浪人を気に入ったようで？」

「ほう、なかなか目の高い姫ですな」

「と申しますと？」

「さよう、滅多に見ない好漢かと……」

「誠に？」

「お疑いなら、その目で確かめられますかな？」

「失礼を申し上げました。そのようなことができますか？」

長岡伝七郎は慎重だ。もし、婿にもらうなどということになれば、その氏素性をはっきりさせなければならない。姫が好きだからといって簡単にいく話ではない。

「それでは、明後日六つ半（午前七時頃）においでいただきたい。その浪人を呼んでおきましょう」

「明後日の六つ半、承知いたしました」

長岡伝七郎が勘兵衛に礼を述べて帰って行った。

その頃、暮れに火事があった駿府城の城下で事件が起きそうだった。

例の時蔵の一味、三保の直次郎が率いる盗賊たちが、城下の色街、二丁町《にちょう》の遊女屋大海老楼《おおえびろう》に狙いをつけていた。

二丁町は、家康の鷹匠《たかじょう》伊部勘右衛門《いべかんえもん》が隠居願を出して家康に許され、遊郭を営むことも許されて安倍川《あべかわ》の近くに土地を決めた。

その土地の広さが二丁四方だったので二丁町という。

六年前の慶長十年に駿府城の天下普請が始まると、全国から男たちが集まり、圧倒的に少ない女の取り合いになった。

困った家康は京から遊女を呼んだが、男たちの女の奪い合いは益々《ますます》過熱して手が付けられない。家康は怒って、なんにも悪くない遊女たちを追放してしまった。

男たちは干上がった。

その時、伊部勘右衛門が願い出て二丁町が実現した。

たちまち二丁町に娼家《しょうか》が八十軒もできたという。築城の男たちが押すな押すなと二丁町に押し寄せた。

遊女が三、四人いれば上々で、遊女が一人などという娼家も多くあった。

その大海老楼に、時々居続ける若い男がいた。

男は上方と江戸を行き来している、近江大津《おおつ》の酒屋の番頭だという。大津の酒は京では他所酒《よそさけ》といって人気がある。

三次《さんじ》と名乗るその男は、遊女の涼風《すずかぜ》という女が好きで、いつも三、四日居続ける上客だった。その三次の狙いが、五千両は下らないという大海老楼の黄金だった。

涼風は追放されたが、戻ってきた京の遊女だった。三次と肌が合い、馴染《なじ》んで一年半になる。その一年半の間に三次は大海老楼のすべてを調べ上げた。

三次が苦労したのは、大海老楼の金蔵がどこにあるかだった。屋内、屋外のどこを探してもそれらしきものはなかった。

それがわかったのは涼風の言葉からだ。

大海老楼の主人は黄金の上に座っていると言ったことである。

「そうだな、女の稼いだ黄金に胡坐《あぐら》をかいているか……」

「そう、女の命を削った黄金の上にね……」

三次は言葉通りに受け取っていた。

ところが大海老楼の黄金は、主人がいつも座っている神棚の前の畳の下に穴倉を掘って埋められ、その出入り口にいつも主人が座っていたのだ。

ある時涼風は、深夜に主人が一人で、金蔵に小判を入れているのを見てしまったのだ。それを見たと言えば殺されると涼風は考えた。

それで三次にあんなことを言った。

いくら探してもわからなかった三次は、涼風の言葉に気づいて、ある時、涼風が寝てしまってからその場所を確認した。

畳を上げるとそこには頑丈な板が敷いてあって錠前はなかった。閂《かんぬき》のつまみが二か所にあるだけで子どもでも開けられる。

まさか主人の座っている畳の下が金蔵だとは誰も思わない。

それが何よりも頑丈な錠前だった。

その日、直次郎ら一味は、大海老楼の両隣の娼家に泊まり込んでいた。

草木も眠る丑《うし》三つどきに、屋根伝いに三次の部屋に入ってきた。三次に抱かれて疲れ切った涼風が寝崩れている。

「行こう……」

三次、直次郎、亀之助《かめのすけ》、久吉《ひさきち》、五郎蔵《ごろぞう》、甚助《じんすけ》の六人が階下に向かう。

深夜の遊郭はすべてが疲れ切って、さすがに静まり返っている。一刻ほど前までの喧騒が信じられない。

金蔵には箱が五つ入っていた。

その中から三つを出して三人が担ぎ、用意された逃げ道から安倍川に出て舟に乗ると海へ流れて行き、夜明けには海の船に乗り換えて一気に三保に向かった。

その船には三次に抱かれて寒そうな涼風がいた。

時蔵一味の仕事はどこの仕事も鮮やかだ。

この駿府城下二丁町の事件が、江戸の勘兵衛の耳に入るのは、一か月ほど過ぎて老中の話からだった。

勘兵衛と約束した長岡伝七郎が、浪人のことを若林隼人正に報告した。

「米津殿がそのように言われたか、わしも見てみたいものだが無理か?」

「いいえ、それでは仰せの通りに段取りいたします」

「姫にはまだ言うな……」

「はい、探しておることにいたします」

「あれは自分で探すと言い出すぞ」

「その時は叱ります」

「そなたが叱っても聞くまいが？」

「はい……」

そういっているところに咲姫が現れた。

「伝七郎、あのご浪人さまはどうした？」

浪人に敬称のごとさまがついた。

「はいッ、ご浪人さまはまだ見つかっておりません」

「奉行所でもわからないのか？」

「はッ、探している最中にございます」

「伝七郎、そなたは役に立たないな。奉行所に行ってまいる！」

「姫さまッ、なりませんッ！」

「なぜじゃ！」

「殿さまのお立場をお考えいただきたく……」

「お父上！」

「駄目だ……」

隼人正ににらまれて咲姫は引き下がった。さすがに父親には抗わない。怒って奥に引っ込んだ。

「あれをねじ伏せる男はいるかのう……」

「そこが難しいところでございます」

いつもこんなことが繰り返されてきた。姫は怖いもの知らずなのだ。

その日、高田弦之助はまだ暗いうちに奉行所に来ると、道場に入って藤九郎と文左衛門の二人と稽古を始めた。

北町奉行所の剣客二人がたじたじの凄腕だ。

長い木刀に当たったら大怪我をしかねない激しい稽古だった。

その稽古を勘兵衛に案内されて、若林隼人正と長岡伝七郎、近習三人が道場の勘兵衛の脇、一間ほど離れて座り、弦之助を見ている。

四半刻ほどで大汗をかいた三人の稽古が終わった。

同心たちも、道場で何があるのだと興味津々で集まってきた。

「高田殿……」

勘兵衛が弦之助を傍《そば》に呼んだ。

「お奉行さま、久しぶりにいい稽古をさせていただきました。お二人ともまことに強い……」

「どうだ。立ち合いをしてみないか？」

「はッ、よろこんで……」

「宇三郎、市兵衛でどうだ？」

「承知いたしました」

宇三郎と弦之助が座を立った。

「市兵衛……」

宇三郎が朝比奈市兵衛を呼んで立ち合いをするよう命じた。市兵衛は小野派一刀流を使う剣士だ。

「高田殿、流儀は？」

「疋田新陰流《ひきたしんかげりゅう》です」

「わかりました」

弦之助が疋田といったのは疋田景兼《かげかね》のことで、新陰流の祖上泉伊勢守《かみいずみいせのかみ》の直弟子で伊勢守の姉の子ともいう。

伊勢守の代わりに、柳生石舟斎《やぎゅうせきしゅうさい》と三度立ち合い三度とも勝ったという剣客で、そのため柳生石舟斎は伊勢守の弟子になり、柳生新陰流を開いたのだ。

そのため柳生新陰流では、疋田のことをあまり良く言わないが、疋田と石舟斎はその後も長く交流があった。

宇三郎はその柳生新陰流の剣士だ。

「高田殿、疋田新陰流、朝比奈殿、小野派一刀流、これから一本勝負の試合を行う！」

二人が道場の中央に出た。一礼して木刀を構える。

「始め！」

宇三郎の審判で試合が始まった。市兵衛はすぐ強いと感じた。市兵衛は間合いを遠間にして右に回った。

弦之助がスッと間合いを詰める。中段に構えた弦之助の木刀は微動だにしない。緊張が高まるとまた弦之助が間合いを詰めた。

市兵衛も間合いを詰めると、先に木刀を上段に上げ、先《せん》の先《せん》で打ち込んでいった。それに合わせて弦之助が動き、後の先を取った。

素早い動きで市兵衛の木刀を右に弾くと、飛び込んで体をぶつける。市兵衛が押された。左に回り込もうとしたが、弦之助がそれを許さずついてくる。

絡み合ったまま市兵衛が押されて背中が羽目板にぶつかった。

「まいった！」

「それまで！」

弦之助の木刀が市兵衛の胴に入っている。弦之助がサッと引いた。

二人が中央に戻って一礼する。

「もう一人、どなたか？」

宇三郎が呼びかけると、若林隼人正の近習が立ち上がった。若林家で最も強いと言われている家臣だ。

刀架から木刀を取ると「白井《しらい》峰丸《みねまる》、鹿島新当流です」と宇三郎に伝えた。

鹿島新当流は彦野文左衛門の流儀だ。

「白井殿、鹿島新当流、同じく一本勝負の試合を行う！」

一礼してから二人が中段に構えた。峰丸は二十四、五歳だ。

「始め！」

峰丸がツツッと間合いを詰めた。その動きを弦之助が見ている。呼吸が止まったように静かな佇まいだが、全身から気合が漲《みなぎ》っている。

斬られる。

そう思った瞬間、峰丸は誘われるように木刀を上段に上げて踏み込んだ。再び弦之助が、後《ご》の先で動いた。

襲ってくる木刀をカッと受け止めると擦り上げ、峰丸の木刀を捻《ひね》り上げるように弾いて、木刀がピタッと峰丸の首に貼りついた。

ガクッと膝から崩れて峰丸が床に片手を突いた。

「それまで！」

「まいりました！」

弦之助がサッと木刀を引いて一間ほど下がった。峰丸が立ち上がると弦之助が近づいて一礼する。

「宇三郎、もういいだろう……」

弦之助の太刀筋も剣士としての振る舞いも見た。

「高田殿……」

勘兵衛が弦之助をまた傍に呼んだ。同心たちが散っていく。

「お二人ともなかなかの剣士にございました」

ニコニコと勘兵衛の前に座って頭を下げた。髭面だがやさしい目だ。

「二、三聞きたいことがある」

「はい……」

「そなたは仕官する考えはあるのか？」

「はい、考えはございますが、この恰好《かっこう》ですからなかなか難しいかと思っております」

「そうか、そなたの出自を聞きたいが？」

「はッ、清和源氏《せいわげんじ》、鎮守府《ちんじゅふ》将軍満政流《みつまさりゅう》にございます。家代々は九州豊後《ぶんご》大友家《おおともけ》の家臣にございましたが、父が大友家を退散しましてからは、長く京にて浪人をしておりました」

「うむ、それで疋田新陰流とのことだが？」

「はい、師の景兼さまが亡くなりましたので江戸に出てまいりました」

「妻子は？」

「恥ずかしながら縁に恵まれず、養う甲斐性《かいしょう》もなく独り身にございます」

「そういうことか、それでそなたの太刀だが、剛刀と見たのだが？」

弦之助がニッとうれしそうだ。自慢の太刀なのだ。

「亡き父から譲られました太刀にございます。九州肥後《ひご》菊池《きくち》同田貫《どうだぬき》二尺八寸三分（約八四・九センチ）にございます」

「なるほど、こちらにおられるのは旗本若林隼人正さまだ……」

「高田弦之助にございます」

名乗って一礼した。

「近々、遊びにまいられよ」

「はッ、有り難く存じます。このような恰好ではご無礼にて、半年ほどご猶予《ゆうよ》を賜りたく存じます。その間にご無礼のないよう小袖や袴をござっぱりと……」

弦之助が恥ずかし気に微笑むと、若林隼人正が小さくうなずいた。弦之助は隼人正を勘兵衛が紹介する仕官先かと思った。

突然に有り難い話だ。

勘兵衛と隼人正が立って先に道場を出た。勘兵衛は隼人正が弦之助を誘ったことで、気に入ったのだろうと思った。

「弦之助殿の住まいはどちらでしょうか？」

「それがまだ決まっていないようです。それがしの存じおりの宿におりますので、住まいが決まりしだいお知らせせいたしましょう」

「お願いいたします……」

娘に甘い大身旗本若林隼人正が帰って行った。

武家はどこの家でも大なり小なり家督の問題を抱えている。若林家の問題などまだいい方で、もめにもめるとひどいことになるのが家督相続である。

それは将軍家も同じだった。

若林家は娘一人で婿《むこ》選びに難儀しているが、将軍家には竹千代《たけちよ》と国千代《くにちよ》という兄弟がいた。秀忠とお江が可愛《かわい》がっているのが次男の国千代だから話が難しい。

竹千代を可愛がっているのがお福《ふく》という乳母《うば》で、後に春日局《かすがのつぼね》といわれる明智《あけち》光秀《みつひで》の家臣斎藤利三《さいとうとしみつ》の娘だ。

この竹千代が女に興味を示さないので、後に、お福が世継ぎをもうけるために考えたのが大奥《おおおく》だった。それが肥大化して女三千人の大奥という怪物が育つことになる。

やがて家康は家督相続を竹千代と決めるが、竹千代と国千代は家督争いの不満から、家康と秀忠の死後、喧嘩をして竹千代が国千代を殺してしまう。

武家が家督相続に失敗すると、お家が滅ぶことも少なくなかった。

若林家は隼人正の人徳と咲姫の強気でお家に混乱はない。

むしろ、家臣たちは早いとこ婿取りをしてもらって、姫にはお家安泰の跡取りを産んでもらいたい。

そこに姫が乗り気になりそうな男が現れた。

それが高田弦之助で痩せ浪人というのが少々難点だが、勘兵衛が道場での立ち合いを見て、その話を聞いて、立ち居振る舞いや言動に問題はない。剣筋は疋田景兼の名を出せるほど正統なものだ。邪心も卑しさもない美しい剣だ。

人柄もむさい顔立ちに似ず潔く清々《すがすが》しい。ただ、五千五百石の大身旗本としては若干貫禄が足りないようだ。

だが、そういうものはやがて身につくものだ。

何よりも当主の隼人正が弦之助を気にいったようなのが力強い。

勘兵衛は高田弦之助なら人品骨柄、剣の腕、出自など間違いないだろうと思う。あとは咲姫が実際に弦之助と会ってどう思うかでこの話は決まる。

勘兵衛はそう考えた。

当の弦之助はまさかそんな話だとは思っていない。仕官ならどこの大名家でも旗本家でもしたいと思っている。

痩せ浪人には仕官先などどこでもよい。

あの家この家などと選んでいる余裕などない。仕官させてくれる主家に骨を埋める覚悟でいる。その家が若林家だと弦之助は思う。

峰月の碑

一〇〇字書評

切り取り線

購買動機（新聞、雑誌名を記入するか、あるいは○をつけてください）

□（　　　　　　　　）の広告を見て	
□（　　　　　　　　）の書評を見て	
□ 知人のすすめで	□ タイトルに惹かれて
□ カバーが良かったから	□ 内容が面白そうだから
□ 好きな作家だから	□ 好きな分野の本だから

・最近、最も感銘を受けた作品名をお書き下さい

・あなたのお好きな作家名をお書き下さい

・その他、ご要望がありましたらお書き下さい

住所	〒				
氏名		職業		年齢	
Eメール	※携帯には配信できません	新刊情報等のメール配信を 希望する・しない			

この本の感想を、編集部までお寄せいただけたらありがたく存じます。今後の企画の参考にさせていただきます。Eメールでも結構です。

いただいた「一〇〇字書評」は、新聞・雑誌等に紹介させていただくことがあります。その場合はお礼として特製図書カードを差し上げます。

前ページの原稿用紙に書評をお書きの上、切り取り、左記までお送り下さい。宛先の住所は不要です。

なお、ご記入いただいたお名前、ご住所等は、書評紹介の事前了解、謝礼のお届けのためだけに利用し、そのほかの目的のために利用することはありません。

〒一〇一‐八七〇一
祥伝社文庫編集長　清水寿明
電話　〇三（三二六五）二〇八〇

祥伝社ホームページの「ブックレビュー」からも、書き込めます。
www.shodensha.co.jp/bookreview

祥伝社文庫

初代北町奉行《しょだいきたまちぶぎょう》　米津勘兵衛《よねづかんべえ》　峰月《ほうげつ》の碑《ひ》

令和３年８月20日　初版第１刷発行

著　者　岩室忍《いわむろしのぶ》
発行者　辻　浩明
発行所　祥伝社《しょうでんしゃ》
東京都千代田区神田神保町3-3
〒101-8701
電話　03（3265）2081（販売部）
電話　03（3265）2080（編集部）
電話　03（3265）3622（業務部）
www.shodensha.co.jp
印刷所　堀内印刷
製本所　ナショナル製本
カバーフォーマットデザイン　中原達治

Printed in Japan ©2021, Shinobu Iwamuro　ISBN978-4-396-34753-6 C0193